De Cock en de dood in antiek

W0361990

Lieve lezeressen, beste lezers,

Om misverstanden te voorkomen, vertel ik hier even dat alle gebeurtenissen en namen van personen in dit boek door mij zijn verzonnen.

Appie Baantjer

A.C. Baantjer

De Cock
en de dood in antiek

Fontein Paperback

ISBN 90 261 1481 8
NUGI-code 332
© 1999 Uitgeverij De Fontein bv, Postbus 1, 3740 AA Baarn
Omslagfoto: Maran Olthoff
Grafische verzorging: Brouwer Digitaal / Johan Vermulst

Alle rechten voorbehouden. All rights reserved. No part of this publication may be reproduced or transmitted in any form or by any means, without written permission from the publisher.

1

Rechercheur De Cock van het aloude politiebureau aan de Amsterdamse Warmoesstraat blikte naar de klok boven de deur van de grote recherchekamer. Het was twaalf minuten voor elf. De late avonddienst zat er bijna op. Thuis wachtte nog een ontspannend babbeltje met zijn vrouw en een kop warme chocolademelk, die hij gewoontegetrouw voor het slapengaan behaaglijk en luid slurpend leegdronk.
De oude speurder leunde in zijn bureaustoel achterover, vouwde zijn handen achter zijn nek en strekte zijn rug. Om zijn lippen dartelde een glimlach.
'Dick Vledder,' riep hij opgewekt, 'je zult het een tijdje alleen moeten doen. Mijn vrouw en ik gaan een paar dagen op vakantie. Het kan. We krijgen mooi weer. Volgens de laatste weerberichten komen er voorlopig geen storende depressies vanaf de Atlantische Oceaan ons land binnenzeilen.'
Vledder grijnsde. 'Daar zou ik maar niet te vast op rekenen,' sprak hij hoofdschuddend. 'Weersvoorspellingen zijn even onbetrouwbaar als het weer zelf.'
De Cock wuifde de opmerking weg.
'Commissaris Buitendam koesterde geen bezwaren dat ik er een paar dagen tussenuit trok. We hebben op dit moment geen grote dwingende zaken onder handen. Bovendien blijf ik... alleen voor jou... bereikbaar.'
Vledder glimlachte.
'Ik hoop er geen gebruik van hoeven te maken.'
'Je weet maar nooit.'
'Waar ga je heen?'
'Naar Barsingerhorn. Ik zal je mijn adres en telefoonnummer daar geven.'
'Barsingerhorn? Daar ben je een paar jaar geleden toch ook al eens met vakantie geweest?'
De Cock trok zijn gezicht in een ernstige plooi.
'Inderdaad. Mijn vrouw en ik kregen toen op weg daarheen een vreemde lifter mee.'*

* Zie: *De Cock en de stervende wandelaar*

Vledder maakte een grimas.
'En ik beging in diezelfde tijd een paar enorme stommiteiten.'
Hij zweeg even, in gedachten. 'Ga je weer naar het zomerhuis van oud-collega Fred Berendsen?'
De Cock knikte.
'Vandaag stapt Fred met zijn vrouw in het vliegtuig naar Spanje. Gisteren heeft hij ons de sleutel gebracht. We mogen zo lang en zo vaak als wij willen, gebruikmaken van zijn zomerhuis.'
'En je hond?'
Een glans van vertedering gleed over het brede gezicht van De Cock. 'Nassa, onze trouwe schnautzer, gaat mee. Verandering van bomen zal hem goed doen.'
'En jij gaat vissen?'
De Cock grinnikte.
'Fred Berendsen zegt dat hij in de kop van Noord-Holland nu echt een exclusief viswatertje heeft ontdekt, waar de mooiste snoeken gewoon voor je hengel in de rij staan. Om gekrakeel onder de snoeken te voorkomen, deelt hij volgnummertjes onder ze uit.'
Vledder lachte.
'Fred Berendsen is een leugenaar.'
'Een charmante leugenaar.'
'Maakt dat verschil?'
De Cock knikte overtuigend.
'Als men een leugen onmiddellijk kan doorzien, zoals met die snoeken in de rij, steekt er geen kwaad achter. Maar een leugen als misleiding... een pertinente leugen als verdoezeling van de waarheid...'
De oude rechercheur stokte zijn betoog. Er werd bescheiden op de deur van de grote recherchekamer geklopt en Vledder riep: 'Binnen.'
De deur ging langzaam open en in de deuropening verscheen de fraaie gestalte van een jonge vrouw. Ze bleef even weifelend staan en liet haar blik door het vertrek dwalen. Daarna liep ze kalm, in een bevallige tred, op de grijze speurder toe.
De Cock nam het bekoorlijke beeld in zich op en onderging de betovering die van haar uitging. Uit zijn borst ontsnapte een zoete ademzucht.

Hij schatte haar achter in de twintig. Haar nauwsluitend donkerrode mantelpakje, met kunstig bewerkte goudkleurige knopen, gaf tintelende accenten aan haar figuur. Lang blond haar golfde tot op haar schouders.
Bij zijn bureau bleef ze staan. Toen ze naar hem keek, gloeiden haar grote lichtgroene ogen fel, bijna fosforescerend op.
'U bent rechercheur De Cock?'
De oude rechercheur kwam langzaam overeind en knikte.
'Met... eh, met ceeooceekaa,' lispelde hij nauwelijks hoorbaar.
Hij wuifde met een weids gebaar naar de stoel naast zijn bureau.
'Neemt u plaats. Waarmee kan ik u van dienst zijn?'
Ze ging zitten, zette een roodlederen tasje op haar schoot en trok kuis haar rokje wat verder naar haar knieën.
'Heeft antiquair Van Wateringen van de Oude Vensterstraat u al gebeld?'
De Cock liet zich in zijn stoel terugzakken en schudde zijn hoofd.
'Waarover zou die antiquair mij bellen?' vroeg hij nieuwsgierig.
'De diefstal... de diefstal uit zijn magazijn van mijn sarcofaag.'
De Cock fronste zijn wenkbrauwen.
'U... eh,' reageerde hij aarzelend, 'u had een sarcofaag in het magazijn van antiquair Van Wateringen?'
'Ja,' reageerde ze verstoord, 'een sarcofaag. Dat klinkt misschien absurd.'
Ze zweeg even.
'Laat ik mij eerst even aan u voorstellen,' ging ze vormelijk verder. 'Mijn naam is Van Oldekerke... Elisa van Oldekerke. Ik woon op de Herenmarkt op de hoek van de Brouwersgracht. Mijn oudoom Pieter van Oldekerke, een broer van mijn grootvader, heeft mij een sarcofaag nagelaten.'
De Cock gniffelde. 'Een vreemd erfstuk.'
'U hebt gelijk,' antwoordde ze geprikkeld. 'Wat moet ik met zo'n ding? Ik weet niets van antiek. Het interesseert mij ook maar matig. Oudoom Pieter had mij beter wat geld kunnen nalaten. Daar had hij mij meer plezier mee gedaan.'
De Cock keek haar schuins aan.
'U wilde de sarcofaag niet houden?'
'Zeker niet.'

De Cock boog iets naar haar toe.
'Om de sarcofaag te gelde te maken,' opperde hij, 'hebt u hem antiquair Van Wateringen te koop aangeboden?'
Elisa schudde haar hoofd.
'Ik ben er eerst mee naar veilinghuis De Hoop aan het Karthuizersplantsoen gegaan.'
'U bent met uw sarcofaag vanaf uw woning aan de Herenmarkt naar het veilinghuis De Hoop aan het Karthuizersplantsoen gegaan?' vroeg De Cock met hoorbaar ongeloof in zijn stem. 'Te voet?'
Elisa schudde haar hoofd.
'Met mijn lelijke eend.'
De Cock grinnikte.
'Daar past zo'n ding toch niet in? Veel te groot voor een eend.'
Elisa schudde haar hoofd.
'U maakt beslist een denkfout. Het is geen sarcofaag voor een mens... een mummie, een geconserveerd lijk.'
Ze spreidde haar handen ongeveer een dertig centimeter uit elkaar.
'Hij is niet groter dan zo... van brons, met een gestileerde afbeelding van een ibis... een vogel, die in het oude Egypte als een heilig dier werd vereerd. Na de dood werd de ibis gebalsemd en in zo'n kleine bronzen sarcofaag als relikwie bewaard.'
Ze stak gebarend haar rechterwijsvinger op.
'De machtige Egyptische god Thot, symbool van de maan, god van de schrijfkunst en de wijsheid, bewaker van wetten... enzovoort... enzovoort... werd als een ibis voorgesteld. Iemand die in het oude Egypte al of niet opzettelijk een ibis doodde, moest zonder genade sterven.'
De Cock keek haar onderzoekend aan.
'U weet blijkbaar meer van antiek dan u mij wilde doen geloven.'
In zijn stem trilde een licht sarcasme.
Elisa van Oldekerke keek hem verwijtend aan.
'Toen dat ding bij mij werd thuisbezorgd,' verdedigde zij zich, 'heb ik wat navraag gedaan. De afbeelding van de vogel op de sarcofaag intrigeerde mij. Het bleek een ibis. Voorgesteld als een ibis, was Thot ook de god van de scheppende kracht. Hij kon mensen uit de dood opwekken.'

'Een almachtige god.'
Elisa knikte instemmend.
'Dat was hij zeker.'
De Cock spreidde zijn handen.
'Hoe kwam uw sarcofaag in het magazijn van antiquair Van Wateringen terecht?'
'De veilingmeester van het veilinghuis De Hoop adviseerde mij, om teleurstellingen te voorkomen, de sarcofaag eerst door een erkende antiquair te laten taxeren. Hij zei dat hij zelf niet in staat was om de waarde van het ding te bepalen. Naar zijn mening was de sarcofaag best kostbaar.'
De Cock fronste zijn wenkbrauwen.
'Heeft antiquair Van Wateringen u al gezegd hoeveel de sarcofaag waard is?'
Elisa glimlachte smalend.
'Van Wateringen weigerde om direct een bedrag te noemen. Hij heeft een paar dagen bedenktijd gevraagd om met collega's te overleggen.'
De Cock knikte begrijpend.
'Heeft de antiquair u verteld hoe de sarcofaag uit zijn magazijn is verdwenen?'
Elisa schudde haar hoofd.
'Hij zei dat ik nog steeds de feitelijke eigenaresse van de sarcofaag was en dus de plicht had om aangifte van diefstal te doen.'
'En hij noemde mijn naam?'
'Ja. Ga maar naar De Cock aan de Warmoesstraat, zei hij. Dan heb je een kanjer.'
De Cock glimlachte.
'Ik heb bij mijn weten de goede man nog nooit ontmoet.' Hij strekte zijn arm naar haar uit. 'Wanneer was dat?'
'Wat bedoelt u?'
'Wanneer berichtte hij u van de diefstal?''
Elisa blikte op haar polshorloge.
'Een halfuurtje geleden.'
De Cock gebaarde in de richting van Vledder.
'Neem maar een aangifte van haar op.'
Hij wendde zich weer tot de jonge vrouw.
'Weet u hoe uw oudoom Pieter aan de sarcofaag is gekomen?'
Ze trok achteloos haar schouders op.

'Gekocht, denk ik, ergens op een veiling. Hij struinde alle veilingen af. Dat was na zijn pensionering zo'n beetje zijn dagtaak. Hij noemde zich vol trots een egyptoloog, een man die alles van het oude Egypte weet. Hij bezat ook een uitgebreide verzameling van oude Egyptische voorwerpen.'
'Waar is die verzameling gebleven?'
Elisa maakte een hulpeloos gebaar.
'Voorzover ik weet, zijn met uitzondering van mijn bronzen sarcofaag alle voorwerpen na zijn dood publiekelijk verkocht.'
'En de opbrengst?'
'Ging naar al die neven, nichten, achterneven en achternichten die altijd zo lief tegen hem waren geweest.'
'Alleen u kreeg die sarcofaag?'
'Ja.'
'Vreemd?'
Elisa schudde haar hoofd.
'Niet zo vreemd,' verzuchtte ze. 'Oudoom Pieter had een hekel aan mij.'
'Waarom?'
'Oudoom Pieter was schatrijk. In tegenstelling tot mijn andere neven en nichten, achterneven en achternichten, weigerde ik om ter wille van zijn vele geld poeslief en aardig tegen hem te zijn. Dat zat hem blijkbaar erg dwars. Hij schold mij altijd uit voor slang.'
'Slang... waarom?'
'Ik denk vanwege mijn helgroene ogen. Volgens hem had ik de ogen van een slang en met een slang, zo betoogde hij, was eens, lang geleden, de ellende in het paradijs begonnen.'
De Cock keek haar doordringend aan.
'Wat heeft die sarcofaag daarmee te maken?'
Elisa sloot even haar ogen.
'Er rust een vloek op.'

De Cock keek Elisa van Oldekerke secondenlang zwijgend aan. Op zijn gezicht lag een geamuseerde trek van wantrouwen. Dat er op dode voorwerpen een vloek kon rusten, was nooit echt tot zijn voorstellingsvermogen doorgedrongen. Hij liet het onderwerp dan ook – als niet terzake dienende – rusten.
'Hebt u een foto van die sarcofaag?' vroeg hij zakelijk.

Elisa opende het tasje op haar schoot, nam daaruit een glimmend, wat verkreukeld fotootje en reikte dat De Cock aan.
'Ik heb niet beter,' sprak ze verontschuldigend. 'Deze heb ik zelf genomen. Bij mij thuis, met een flits. Ik heb geen vaste hand en geen best toestel.'
De oude rechercheur bekeek het amateurkiekje en knikte.
'Dat blijkt,' reageerde hij simpel. 'Het is nogal onscherp. Hebt u nog een nadere beschrijving van het voorwerp?'
'Nee.'
'Zijn er buiten die afbeelding van een ibis nog andere kentekenen... inscripties? Wellicht ergens in de sarcofaag een soort meesterteken van de vervaardiger uit de oudheid?'
Hij zweeg even en dacht na.
'Ik neem aan,' ging hij verder, 'dat uw oudoom Pieter zijn collectie zal hebben gemerkt, of de sarcofaag ergens nauwkeurig heeft beschreven?'
Elisa zuchtte.
'Ik heb het ding nooit goed bekeken. En met mijn oudoom heb ik in jaren geen contact gehad. Ik heb mij nooit voor zijn collectie geïnteresseerd. Ik kende het bestaan van die sarcofaag niet eens.'
De Cock hield zijn hoofd iets schuin.
'Hoe wist u dan dat er een vloek op rustte?'
Elisa stak in een gebaar van wanhoop haar armen omhoog.
'Dat stond in een begeleidend schrijven van mijn oudoom,' sprak ze fel. 'Dat moet die ouwe vent nog kort voor zijn dood hebben beschreven. Lisa, zo berichtte hij koeltjes, je zult aan die sarcofaag niet veel plezier beleven. Er rust een vloek op.'
De Cock zuchtte.
'Waaruit de vloek bestond, wat die inhield, stond er niet bij?'
'Meer tekst was er niet.'
'Hebt u die brief bewaard?'
Elisa schudde haar hoofd.
'Ik heb hem onmiddellijk verscheurd. Ik was kwaad. Ik vond het een rotstreek van mijn oudoom Pieter om mij met een vloek op te schepen.'
De Cock maakte een sussend geluid.
'Ik kom er wel achter,' sprak hij gedragen. 'Er moet van uw oudoom Pieter een testament zijn, waarin uw erfstuk nauwkeurig staat beschreven.'

'Zou in dat testament,' vroeg Elisa angstig, 'ook iets vermeld staan over de vloek die aan mijn sarcofaag is verbonden?'

Toen Vledder de aangifte had opgenomen en Elisa van Oldekerke die had ondertekend, stond De Cock van zijn stoel op en slenterde naar de kapstok.
De jonge vrouw stond op en kwam hem na.
'Wat gaat u nu doen?' vroeg ze gespannen.
De Cock gebaarde naar de deur van de recherchekamer.
'Naar de Oude Vensterstraat. Ik wil het verhaal van die antiquair. Wanneer ik, mogelijk via hem, in het bezit ben van een goede omschrijving, signaleren wij uw sarcofaag via de telex.'
'Kan ik mee?'
'Waarheen?'
'Naar de Oude Vensterstraat.'
'Wat heeft dat voor nut?'
Elisa trok haar kin iets op.
'Ik ben geïnteresseerd. Is dat zo vreemd?'
De Cock wisselde even een blik van verstandhouding met Vledder.
'Goed,' sprak hij hoofdknikkend. 'Maar onze Golf is oud en versleten, de motor kreunt en het chassis rammelt. Ik bedoel, geen bijzonder comfortabel vervoermiddel voor een mooie jonge vrouw.'
Elisa grinnikte.
'Allicht beter dan mijn manke eend.'

Ze reden van de steiger achter het politiebureau weg. Het was warm. De hitte van de dag kleefde nog aan de gevels. Ondanks het late uur was het druk op het Damrak. De vele eetgelegenheden waren in vol bedrijf. De Cock glimlachte om een dronken man die zich tussen het flanerend publiek botsend een weg naar het Centraal Station zocht.
Elisa van Oldekerke tikte De Cock op zijn schouder.
'Weet u wat "sarcofaag" betekent?'
De Cock draaide zich half om.
'Doodkist... omhulsel... bergplaats? Zoiets?'
Elisa schudde haar hoofd.
'Vleesetend.'

De Cock reageerde verrast.
'Vleesetend?'
Elisa knikte.
'Sarcofaag,' legde ze uit, 'komt van het Griekse woord "sarkophagos" en dat was in de Griekse oudheid de naam van een steensoort die bij Assos in Troas werd gevonden. Lichamen die in uitgeholde ruimten van deze steensoort werden bijgezet "verteerden", met uitzondering van de tanden, binnen veertig dagen. De naam "sarcofaag" is pas later in zwang gekomen voor monumentale stenen en houten doodkisten die niet in de grond werden geplaatst, maar bestemd waren om als zichtbaar relikwie te dienen.'
De Cock keek haar onderzoekend aan. Het schijnsel van een felle lichtreclame gleed over haar knap gezicht. De oude rechercheur bezag de lijn van haar kin, de blik uit haar helgroene ogen, en besefte plotseling in alle helderheid dat Elisa van Oldekerke over meer geestelijke weerbaarheid beschikte dan haar frêle verschijning deed vermoeden.

Vanuit de Raadhuisstraat reed Vledder de Herengracht op. Het was er aanmerkelijk rustiger. Vrijwel geen verkeer. De jonge rechercheur vond voor de Golf nog een parkeerplaatsje tussen de bomen. Ze stapten uit en met Elisa van Oldekerke tussen hen in, slenterden de beide rechercheurs naar de Oude Vensterstraat. Ze spraken niet. Ergens ver weg klonk het gieren van een tram door de bocht. Langs de walkant van de gracht scharrelde tussen de auto's een enkele rat.
De Oude Vensterstraat leek verlaten. Tussen de dubbele rij bruine Amsterdammertjes was geen mens te zien. Aan het eind, tegen een heldere sterrenhemel, schemerden de twee torens van het Rijksmuseum.
Voor een kleine etalageruit met het opschrift 'Antiquair De Rode Roos' bleef De Cock staan. Hij keek vragend naar Elisa op. 'Is dit de zaak van Van Wateringen?'
De jonge vrouw knikte.
'Het lijkt of er niemand is,' sprak ze gedempt. 'Ik denk dat de antiquair inmiddels naar huis is gegaan.'
'Woont hij niet bij de zaak?'
Elisa schudde haar hoofd.

'Volgens mij niet. Het is maar klein. Achter de winkel is geen woonruimte.'
De Cock stapte verder. Tot zijn verwondering stond de winkeldeur op een kier. De oude rechercheur bekeek het slot en de sponningen. Er waren geen sporen van braak of verbreking. Met de punt van zijn schoen duwde hij de deur verder open. Het rinkelen van de deurbel deed hem schrikken, maar hij herstelde zich snel. Na het bellen wachtte hij even, maar niemand reageerde.
Omzichtig schoof De Cock verder de zaak binnen. Het ovaal van zijn zaklantaarn danste langs antieke vazen, klokken en griezelige maskers.
Midden in de zaak bleef De Cock staan, draaide zich om en keek naar Vledder en de jonge vrouw, die hem waren gevolgd.
'Is dit alles? Ik zie nergens een deur naar een ander vertrek.'
Elisa wees naar een kleine toonbank.
'Daarachter,' sprak ze fluisterend, 'is een luik met een trap naar de kelder. Ik heb gezien dat de antiquair mijn sarcofaag daar heeft opgeborgen.'
De Cock liep om de kleine toonbank heen. Er was inderdaad een houten luik. De oude rechercheur bukte zich, pakte een verzonken metalen ring en trok het luik omhoog. Het ging gemakkelijker dan hij verwachtte. Het licht van zijn zaklantaarn gleed langs de trap en bleef onder aan de trap rusten op de gestalte van een korte, zwaargebouwde man. Hij lag op zijn buik, zijn vlezig gezicht naar links gekeerd, zijn korte armen met gekromde handen lagen schuin naar voren gestrekt. Uit zijn rug stak het heft van een stiletto.
Achter De Cock snerpte een angstaanjagende gil uit de keel van Elisa van Oldekerke. Het geluid resoneerde, kwam viervoudig terug.
De Cock keek vanuit zijn gebukte houding omhoog.
'Ken je die man?' vroeg hij kort.
Elisa knikte. Rillend boog ze zich over hem heen en staarde naar de gestalte die De Cock nog steeds in het licht van zijn zaklantaarn gevangen hield.
'Antiquair Van Wateringen.'

2

De Cock liet zich voorzichtig door het luik zakken. Beneden lag de zwaargebouwde man zo dicht tegen de onderste traptreden, dat de oude rechercheur met moeite een plaats voor zijn voeten op de keldervloer vond. Toen hij na even wankelen weer in balans was, hurkte De Cock bij de dode neer en bescheen met zijn zaklantaarn het bolle, vlezige gezicht met de open, in de dood verstarde bruine ogen. Hij bezag de dunne, zwartgeverfde haren, de kalende kruin en schatte de man op achter in de vijftig. De gelaatstrekken van de dode man kwamen de oude rechercheur vaag bekend voor, maar omtrent plaats en tijdstip van een vroegere ontmoeting liet zijn geheugen hem in de steek. Hij drukte de rug van zijn rechterhand tegen de wang van de man. Het lichaam voelde nog warm aan. In de muffe, benauwde, slecht geventileerde kelder daalde, zo overwoog hij, de lichaamstemperatuur slechts langzaam.
De Cock verplaatste zijn aandacht naar de stiletto, die tot het heft in het lichaam was gedrongen. Hij kende het model van de stiletto van enkele moordzaken uit het verleden en wist dat een lemmet van zeventien centimeter in het inwendige van de man verwoestende verwondingen veroorzaakte. Hij kende ook de gevolgen. De oude rechercheur was ervan overtuigd dat het slachtoffer aan inwendige bloedingen was gestorven.
De Cock kwam uit zijn gehurkte houding overeind en bezag de situatie. Aan de wanden van de kelder waren metalen rekken met een rijk assortiment aan antieke voorwerpen, pullen, vazen, klokken, beeldjes, tamboerijntjes, trommels en afzichtelijke maskers. De oude rechercheur liet het licht van zijn zaklantaarn langs de rekken dwalen en snoof. Er was niets bij wat hem kon bekoren. De Cock had geen gevoel voor antiek.
De kelder, zo constateerde hij, had geen hoeken of nissen. Veel ruimte was er niet. De Cock concludeerde dat de moordenaar of moordenares, staande achter de trap, zijn of haar slachtoffer had opgewacht en had toegestoken op het moment dat de antiquair van de onderste trede was gestapt. De mogelijkheid dat de man boven in de zaak was neergestoken en daarna door het luik gestort, sloot hij uit. Het lichaam had dan onder aan de trap in een

andere houding gelegen. Bovendien was er niets aan de kleding van de dode man dat daarop wees. Voor de zekerheid inspecteerde hij de handen van het slachtoffer. Er waren geen ontvellingen of andere beschadigingen.
Rechts van de trap ontdekte hij een schakelaar. Hij nam een potlood uit de binnenzak van zijn colbert en duwde met de achterkant tegen het knopje. Op drie plekken in de kelder floepte het licht aan.
De Cock keek langs de trap omhoog en zag het gezicht van Vledder boven het kelderluik.
'Waarschuw de meute*,' riep hij bevelend.
Vledder grijnsde.
'Heb ik al gedaan.'
De Cock toonde bewondering voor het initiatief.
'Knap.'
Vledder grinnikte.
'Misschien heb je het nog niet opgemerkt, maar ik begin toch langzaam volwassen te worden.'
De Cock negeerde de opmerking.
'Waar is die Elisa van Oldekerke?'
'Die leunt buiten met een bleek gezicht tegen de pui van dit pand.'
'Let op haar. Als de lijkschouwer of de fotograaf komt, dan verwijs je hem naar dit luik. Daarna breng je haar met de Golf naar huis. We hebben haar voorlopig niet meer nodig.'
Vledder maakte een grimas.
'Als ze wil dat ik haar wegbreng. Juffrouw Van Oldekerke lijkt mij een eigenzinnige tante. Ze deed vervelend, nukkig, toen ik in de zaak keurig een comfortabele stoel voor haar neerzette. Ze wilde per se naar buiten.'
De Cock bromde.
'Natuurlijk wil ze,' reageerde hij knorrig. 'Informeer of die sarcofaag van haar was verzekerd... door haar of misschien nog door haar oudoom Pieter. En vooral... voor hoeveel?'
Vledder grinnikte.
'Wil je de polis?'

* Spottende benaming voor de groep mensen die bij de behandeling van een moord nodig is.

Het klonk spottend.
De Cock keek hem strak aan.
'Als die er is, graag.'
Het hoofd van Vledder verdween. De Cock hoorde gestommel. Even later verscheen het gezicht van Bram van Wielingen boven het luik. De fotograaf bezag de omgeving en grijnsde.
'Die dooie vent ligt lelijk in de weg,' riep hij vertwijfeld. 'Hoe ben jij beneden gekomen? Ben je op zijn kont gestapt?'
De Cock schudde zijn hoofd.
'Als ik met mijn pycnische habitus* lenig over hem heen kan stappen... dan moet jij...'
Bram van Wielingen onderbrak hem.
'Met je pycnische wat?'
Het gezicht van De Cock verstrakte.
'Pycnische habitus,' herhaalde hij. 'En als je niet weet wat dat betekent, dan zoek je dat thuis maar op.'
De oude rechercheur wees omhoog.
'Maak eerst vanaf die plek een paar plaatjes van het lijk en kom dan naar beneden. Ik wil details van zijn handen, de stiletto en zijn gezicht.'
'Weet je wie hij is?'
De Cock knikte.
'Antiquair Van Wateringen.'
Bram van Wielingen boog zich iets voorover en bekeek het gezicht van de dode.
'Waarachtig,' stamelde hij. 'Het is Van Wateringen.'
'Ken jij hem?'
De fotograaf knikte.
'Ik heb wel eens wat bij hem gekocht. Vroeger.'
De Cock beluisterde de intonatie.
'Later niet meer?'
Bram van Wielingen schudde zijn hoofd.
'Die vent deugde voor geen meter. Een louche sujet. Zo link als een looie deur. Als hij de kans zag, belazerde hij de mensen... verkocht snuisterijen, prullaria en waardeloze souvenirs voor echt antiek.'
'Niet netjes.'

* Gezet figuur

Bram van Wielingen snoof.
'Valt me mee dat ze hem nog niet eerder koud hebben gemaakt.'
'Zo slecht?'
'Absoluut.'
'Weet jij iets van antiek?'
De fotograaf knikte vaag.
'Ik kom nog wel eens op veilingen. Je weet nooit of je nog eens tegen een mazzeltje op loopt. Zo was ik laatst in Den Haag...'
De Cock wuifde het verhaal weg. Achter Bram van Wielingen had hij de kleine gestalte van dokter Den Koninghe ontdekt. Hij greep zich aan de leuning van de trap vast en hees zich behendig over het slachtoffer heen. Boven aan het luik duwde hij de fotograaf iets opzij, liep op Den Koninghe toe en schudde hem hartelijk de hand. De oude rechercheur had een zwak voor de kleine excentrieke lijkschouwer met zijn ouderwetse grijze slobkousen onder een deftige streepjesbroek, zijn stemmig zwart jacquet en zijn verfomfaaide, groen uitgeslagen garibaldihoed.
'Hoe maakt u het?' vroeg hij vriendelijk.
De dokter keek even naar hem op.
'Best. Nou ja... alleen zo nu en dan geplaagd door jicht.'
De Cock glimlachte.
'Ziekte van de welgestelden.'
Den Koninghe gromde.
'Ik ben niet welgesteld... nooit geweest, en toch heb ik jicht.'
'Misschien een reeks rijke voorvaderen?'
De kleine lijkschouwer negeerde de opmerking. Hij wees naar de dode onder aan de trap. 'Had hij geen andere plek kunnen vinden?'
'Ik denk niet,' sprak De Cock traag, 'dat het een eigen wilsbesluit was.'
Dokter Den Koninghe reageerde niet. Hij liep ruggelings de trap af en stapte voorzichtig over het slachtoffer heen. Daarna trok hij zijn pantalon aan de vouwen iets omhoog en hurkte bij de man neer. Zijn oude knieën kraakten. In een haast devoot gebaar drukte hij de beide oogleden toe, wierp een snelle blik op het heft van de stiletto en kwam direct weer uit zijn gehurkte houding omhoog. Met precieze bewegingen nam hij zijn bril af,

pakte zijn witzijden pochet uit het borstzakje van zijn jacquet en poetste de glazen.
De Cock keek gelaten toe. Hij kende de reeks van bewegingen.
De oude lijkschouwer wees op het lijk en blikte omhoog.
'Hij is dood,' sprak hij laconiek.
De Cock knikte met een strak gezicht.
'Dat begreep ik, anders had ik u niet laten komen.'
De dokter zette zijn bril weer op, duwde zijn pochet terug in het borstzakje van zijn jacquet en kwam langs de trap omhoog.
'Nog niet zo lang. Ik schat minder dan een uur. Zijn lichaamstemperatuur is nauwelijks gedaald.'
Boven aan de trap reikte De Cock hem een helpende hand.
'Inwendige bloedingen?'
Dokter Den Koninghe knikte instemmend.
'Inderdaad, inwendige bloedingen. Dat is bij dergelijke verwondingen vrijwel zeker de doodsoorzaak. Morgen na de sectie zal dokter Rusteloos het beslist bevestigen. Ik vermoed dat een of meer aderen rond het hart zijn geraakt.'
'Kunt u nog iets zeggen over de dader?'
De tengere lijkschouwer gebaarde naar het luik.
'De stiletto is hoog in de rug schuin naar beneden tot aan het heft in het lichaam gedrongen. Dat duidt op iemand met een flink postuur en krachtige armen.'
'Een tennisser?'
'Bijvoorbeeld.'
Dokter Den Koninghe knoopte zijn jacquet los en nam uit een zakje van zijn parelgrijs vest een zilveren horloge aan een ketting. Hij klikte het deksel van de kast open en keek op de wijzerplaat.
'Ik heb weinig tijd,' verontschuldigde hij zich. 'Er ligt ergens in de Wijttenbachstraat nog een lijk op mij te wachten.'
De kleine lijkschouwer wuifde tot afscheid, draaide zich om en liep de zaak uit.
De Cock keek hem na. Daarna wendde hij zich tot de fotograaf, die zijn fraaie Hasselblad behoedzaam in zijn aluminiumkoffertje teruglegde.
'Ben je klaar?'
Bram van Wielingen gebaarde om zich heen.
'Ik heb alles. Morgen heb je de plaatjes glanzend op je bureau.'

'Ik wil ook een prent van de gevel van dit pandje.'
'Maak ik.'
'Komt er nog een dactyloscoop?'
Bram van Wielingen knikte.
'Zeker. Ben Kreuger had nog een klusje, maar je kunt hem elk ogenblik verwachten.' De fotograaf blikte verwonderd om zich heen. 'Waar is Vledder?'
'Die brengt een mooie jonge vrouw naar huis.'
'Dienstopdracht?'
De Cock glimlachte.
'Dienstopdracht.'
'Kon je het mij niet laten doen?'
De Cock keek hem grijnzend aan.
'Ouwe bok,' sprak hij laatdunkend.
Bram van Wielingen lachte. Hij pakte zijn koffertje, zwaaide met zijn vrije hand ten afscheid en verdween.
De Cock liep naar de twee broeders van de geneeskundige dienst. Ze stonden bij de toegangsdeur van de antiekzaak met hun brancard geduldig op zijn teken te wachten. De oude rechercheur maakte een verontschuldigend gebaar.
'Het wordt een hele klus. Het is een zware man en de trap naar de kelder is smal.'
De oudste broeder glimlachte.
'We zijn wel wat gewend. We halen ze soms van de vreemdste plekken.' Hij wees voor zich uit. 'Kunnen we hem al weghalen?'
De Cock schudde zijn hoofd.
'Ik wacht nog even op de dactyloscoop.'
Met gierende remmen stopte een kleine rode sportwagen pal achter de ambulancewagen van de broeders. Een jonge vrouw, gekleed in een open blouse en een spierwitte pantalon, stapte uit, smeet het portier achter zich dicht en rende langs de broeders met hun brancard de winkel binnen.
De Cock versperde haar de weg.
De jonge vrouw keek hem verwilderd aan.
'Wie bent u?' schreeuwde ze. 'Wat doet die ambulance voor de deur? Waar is Arthur?'
De Cock streek met zijn vlakke linkerhand over zijn breed gezicht. Het was een gebaar om tijd voor bezinning te maken.

'Dat,' sprak hij traag, hoofdknikkend, 'waren drie vragen ineen.'
De jonge vrouw roffelde met haar vuisten op zijn borst.
'Waar is Arthur... wat is er met Arthur?'
De Cock reageerde onbewogen.
'Wie is Arthur?'
'Mijn man.'
De Cock keek haar onderzoekend aan, monsterde haar slanke gestalte, bezag de lijnen van haar gezicht en schatte haar op voor in de twintig.
'Uw man?' vroeg hij niet-begrijpend.
De jonge vrouw knikte heftig.
'Arthur Van Wateringen.'
De Cock zuchtte omstandig. De oude rechercheur voelde er niets voor om de overspannen vrouw een blik in de kelder te gunnen.
'Had... eh, had u hier een afspraak met uw man?' vroeg hij ontwijkend.
De jonge vrouw schudde haar hoofd.
'Een man aan de overkant van de straat waarschuwde mij dat er een ambulancewagen voor de deur van de zaak stond en dat er vermoedelijk iets met Arthur was gebeurd. Toen ben ik in mijn wagen gesprongen.'
De oude rechercheur knikte begrijpend. Hij vatte de jonge vrouw bij haar arm en leidde haar naar achter in de zaak, buiten het gehoor van de broeders.
'Wanneer,' sprak hij zacht, 'hebt u uw man voor het laatst gezien?'
'Vanavond.'
'Waar?'
'Thuis in Amstelveen.'
'Wanneer is hij weggegaan?'
De jonge vrouw tastte even naar haar hoofd.
'Kwart over negen, half tien. Arthur had een afspraak met iemand.'
'Met wie?'
De jonge vrouw maakte een hulpeloos gebaar.
'Dat... eh, dat weet ik niet,' stamelde ze. 'Het was iemand die belangstelling had voor een sarcofaag die mijn man in consignatie had.'

'Die afspraak was hier?'
De jonge vrouw keek hem verrast aan.
'Waar anders?'
De Cock maakte een schouderbeweging.
'Ik ken het gedrag van uw man niet.'
De houding van de jonge vrouw veranderde plotseling. Het was alsof, na de reeks van vragen, de angst en de paniek uit haar waren weggezakt. De verwilderde blik verdween uit haar ogen. Ze trok haar kin iets omhoog. Peilend keek ze naar hem op.
'Ik heb u gevraagd wie u was,' sprak ze kalm. 'Wat die ambulance voor de deur betekende en of er iets met Arthur was gebeurd. Op geen van die vragen heb ik nog een antwoord gekregen.'
De oude rechercheur gaf zichtbaar blijk van berouw. Hij liet beschaamd zijn hoofd iets zakken.
'Mijn naam is De Cock,' sprak hij verontschuldigend. 'De Cock met... eh, met ceeooceekaa. Ik ben rechercheur van politie, verbonden aan het bureau Warmoesstraat.'
'Ik heb uw naam wel eens horen noemen.'
De Cock knikte.
'De prijs van de roem.'
De jonge vrouw wees resoluut naar buiten.
'Die ambulance?'
De Cock aarzelde.
'Voor... eh, voor uw man,' stotterde hij.
'Wat is er met Arthur?'
De Cock antwoordde niet direct.
'U... eh, u bent werkelijk mevrouw Van Wateringen?'
De jonge vrouw lachte schamper.
'Wilt u ons trouwboekje zien?'
De Cock maakte een afwerend gebaar.
'Ik had even mijn twijfels,' sprak hij verlegen. 'Ik bedoel... het verschil in leeftijd.'
Mevrouw Van Wateringen kneep haar lippen op elkaar.
'Arthur is nog een viriele man.' Ze zweeg even, hield de oude rechercheur in haar blik gevangen. 'Wat is er met hem gebeurd?'
De Cock spreidde zijn handen.
'Vanavond,' opende hij somber, 'meldde een jonge vrouw zich

bij mij en mijn collega Vledder aan de Warmoesstraat en vertelde dat zij door uw man was gebeld in verband met het feit dat haar sarcofaag uit zijn magazijn was gestolen.'
'Mijn man had haar gebeld?'
'Ja.'
'Wanneer?'
'Rond de klok van half elf. Hij raadde haar aan om bij mij aangifte van diefstal te doen. Volgens uw man was zij nog steeds eigenaresse van de sarcofaag.'
'En toen?'
De Cock zuchtte diep. Hij was niet gewend om ondervraagd te worden.
'Wij zijn naar de Oude Vensterstraat gereden. Tot onze verbazing troffen wij de toegangsdeur tot de winkel op een kier. Toen we op onderzoek gingen, vonden wij uw man in de kelder... vermoord.'
'Hoe?'
De Cock keek haar verrast aan. Hij had een dergelijke reactie van de jonge vrouw niet verwacht. Ze deed een stap dichter op hem toe. Haar jong gezicht met de grote glanzende bruine ogen was pal bij hem. De geur van haar parfum walmde om hem heen.
'Hoe?'
Ze schreeuwde.
De Cock slikte.
'Iemand stak hem een stiletto in zijn rug.'
Mevrouw Van Wateringen deed een stap terug.
'Iwan Terborch.'
De Cock kneep zijn ogen half dicht.
'Wie is Iwan Terborch?'
Mevrouw Van Wateringen trok haar kin weer iets omhoog.
'Mijn ex-man,' sprak ze bitter. 'Hij heeft al een paar maal gedreigd dat hij Arthur een mes in zijn vette lijf zou duwen.'

3

Vledder keek zijn oudere collega met glinsterende ogen aan.
'Gaan we hem arresteren?'
'Wie?'
'Die Iwan Terborch.'
De Cock schudde zijn hoofd.
'Voorlopig niet. Er is geen sprankje bewijs. We hebben alleen de beschuldiging van de jonge vrouw van de antiquair, dat haar ex-man wel eens bedreigingen had geuit.'
Vledder knikte berustend.
'Ik begrijp het. Maar doodslaan deed hij niet, want tussen droom en daad staan wetten in de weg en praktische bezwaren.'
De Cock glimlachte.
'Van de Vlaamse schrijver Willem Elsschot... dat heb je goed onthouden. Er gaapt inderdaad een kloof tussen woord en daad. Gelukkig.'
De oude rechercheur maakte een triest gebaar.
'Zij waren in ieder geval geen vrienden van elkaar. Arthur van Wateringen vond de ex van zijn vrouw maar een ijdele, verwaande kwast. En Iwan Terborch kon het niet goed verwerken dat Helen van Haaksbergen resoluut en onwrikbaar de zijde had gekozen van een lelijke, corpulente en veel oudere man.'
Vledder keek hem even niet-begrijpend aan.
'Wie is Helen van Haaksbergen?'
De Cock grinnikte.
'Het zou goed zijn als vrouwen ook na een huwelijk hun eigen naam behielden. Die naamsveranderingen werken vaak verwarrend. Helen van Haaksbergen is de meisjesnaam van mevrouw Van Wateringen.'
'Wat doet ze?'
'Hoe bedoel je?'
'Heeft ze een baan?'
'Ze is een veelgevraagd fotomodel... zegt ze. Verschijnt op de covers van modebladen. Ook speelt ze zo nu en dan een gastrolletje in een of andere soap op de televisie.'
Vledder bromde. 'Ik kijk nooit naar soap. In ons beroep lukt het je nooit om een spannende soap te volgen.'

De Cock negeerde de opmerking.
'Helen van Haaksbergen,' ging hij rustig verder, 'voelde zich aanvankelijk aangetrokken tot de jonge, knappe Iwan Terborch, een bodybuilder met een parelend gebit en een prachtig lijf.'
'En sexy?'
De Cock glimlachte.
'Dat facet van Iwan Terborch heeft ze niet aangeroerd. Ze trouwde met hem omdat ze dacht dat zij met haar schoonheid bij hem paste. Een sprankelend paar. En alles leek in het begin ook rozengeur en maneschijn. Maar het huwelijk hield niet lang stand. Nog geen jaar. Iwan Terborch bleek al spoedig meer belangstelling te hebben voor zijn eigen lijf dan voor het lijf van zijn jonge vrouw.'
Vledder lachte vrijuit.
'Een mooie manier om uit te drukken dat ze zich door hem verwaarloosd voelde.'
'Het zijn haar eigen woorden. Ik geef ze ongecensureerd aan je door.'
'Hoe kwam ze aan die antiquair?'
De Cock leunde in zijn bureaustoel achterover.
'Helen van Haaksbergen, toen nog mevrouw Terborch, zag in de etalage van de antiquair in de Oude Vensterstraat een beeldje staan dat haar aandacht trok.'
'Een beeldje?'
De Cock knikte.
'Om precies te zijn: een houten ushabti.'
Vledder trok een vies gezicht.
'Een wat?'
De Cock lachte.
'Toen mevrouw Terborch,' ging hij verklarend verder, 'gebiologeerd door dat beeldje in de etalage, de antiekwinkel binnenging om inlichtingen en prijs, kreeg ze van Van Wateringen uitleg. Ushabti's zijn beeldjes van hout, steen of aardewerk, zo tussen de tien en vijfentwintig centimeter hoog. Vaak hebben ze gereedschap in hun armen: een schoffel of een bezem.
Rijke en belangrijke personen in het oude Egypte kregen na hun dood ushabti's mee in hun graf. De bedoeling was dat de ushabti's het werk zouden doen dat de goden aan hun dode eigenaren zouden opdragen. Bijzonder belangrijke doden kregen zelfs

voor iedere dag van het jaar een ushabti mee. Per tien ushabti's was er dan een opzichter, waarvan ook een beeldje, iets groter dan de gewone ushabti's.'
Vledder fronste zijn wenkbrauwen.
'Dat hele verhaal over die ushabti's heeft ze jou gisteravond verteld?'
In zijn stem trilde ongeloof.
De Cock knikte nadrukkelijk
'Ze vond dat belangrijk, om haar affectie voor de niet zo aantrekkelijke en niet meer zo jonge antiquair uit te leggen.'
'Had jij zo'n uitleg nodig?'
De Cock zuchtte.
'Dat doet niet terzake. Ze wilde dat verhaal aan mij kwijt. En ik heb geduldig geluisterd.'
Vledder snoof.
'Dat ken ik van je.'
De Cock strekte zijn wijsvinger naar hem uit.
'Ze vertelde dat verhaal omdat zij juist via die ushabti, dat magische beeldje, belangstelling kreeg voor de antiquair... voor de man Arthur van Wateringen. Om hem beter te leren kennen, toonde ze interesse voor antiek en ontdekte in de antiquair een totaal andere man dan de grove, onbenullige Iwan Terborch, met wie ze was getrouwd. De antiquair was voorkomend, lief, galant, las de verlangens van haar gezicht en bleek later, ondanks hun leeftijdsverschil, een uitbundige minnaar.'
Vledder knikte begrijpend.
'Dus switchte ze.'
De Cock keek hem aan en schudde zijn hoofd.
'Ik vind "switchen" in dit verband geen mooi woord. Ze vond in Arthur van Wateringen een beter passende levenspartner. Dat klinkt beter. Ze scheidde van Iwan Terborch en trouwde hem.'
'Hoe groot is dat leeftijdsverschil?'
'Vijfendertig jaar.'
Vledder floot tussen zijn tanden.
'Allemensen.'
'Arthur van Wateringen was negenenvijftig. Zij is vierentwintig.'
'Hoe reageerde zij op zijn dood?'

De Cock zuchtte.
'Aanvankelijk heel geëmotioneerd. Bijna panisch. Na enige tijd lukte het mij om haar wat te kalmeren. Ik heb toen de broeders van de geneeskundige dienst het lijk uit de kelder laten halen. Op de brancard heb ik haar alleen het gezicht van haar dode man laten zien. Ze kuste hem op zijn voorhoofd en zei: "Arthur, vaarwel." '
'Meer niet.'
De Cock schudde zijn hoofd.
'Het was een lief gebaar. Ik was eerst bang dat ze zou gaan janken of krijsen. Maar ze had zich snel van de schok hersteld en ik heb het aangedurfd om haar alleen met haar autootje naar haar huis in Amstelveen te laten rijden, zonder begeleiding.'
De oude rechercheur zweeg even en dacht na. Daarna keek hij naar Vledder op.
'Ik... eh, ik heb er gisteravond niets van gezegd,' opende hij voorzichtig, 'maar ik vond dat het heel lang heeft geduurd voordat jij van de Herenmarkt naar de Oude Vensterstraat terugkwam. Wat heb je al die tijd met de mooie Elisa van Oldekerke uitgespookt?'
Vledder schudde zijn hoofd.
'Ik spook in diensttijd niets uit met mooie vrouwen. Dat wordt niet van mij verwacht.'
De Cock grinnikte.
'Misschien verwachtte zij wat.'
Vledder keek hem verwijtend aan.
'Zij verwachtte niets,' reageerde hij snibbig. 'We hebben nog eens gesproken over de vloek die op de verdwenen sarcofaag zou rusten.'
'En?'
Vledder trok zijn schouders op.
'Elisa had geen idee wat haar oudoom Pieter daarmee bedoelde. We hebben oude brieven die ze van hem in het verleden heeft ontvangen nog eens doorgenomen. Daarin hebben we niets over een vloek kunnen ontdekken. Wel het memoreren van haar groene ogen en de verwijzing naar de slang uit het paradijs. Verder vele ernstige aanmaningen van oudoom Pieter aan Elisa om vooral haar kuisheid te bewaren.'
De Cock lachte.

'Kuisheid... sinds de pil een verloren begrip.' Hij gebaarde voor zich uit. 'En een polis... een verzekering?'
Vledder schudde zijn hoofd.
'Elisa van Oldekerke zegt dat zij zelf geen verzekering heeft afgesloten, omdat ze de waarde van de sarcofaag aanvankelijk niet inzag. In verband met de vloek wilde ze dat ding zo snel mogelijk kwijt.'
De Cock knikte.
'Dat weten we.'
'Elisa was ervan overtuigd dat de sarcofaag door haar oudoom Pieter was verzekerd. Oudoom Pieter verzekerde volgens haar elk verzamelobject. Ze zou zich voor opheldering in verbinding stellen met de executeur-testamentair.'
De Cock knikte begrijpend.
'De executeur-testamentair van oudoom Pieters nalatenschap.'
'Precies.'
'Heb je zijn naam?'
Met een brede grijns op zijn gezicht trok Vledder zijn notitieboek uit de binnenzak van zijn colbert.
'Ik wist dat je ernaar zou vragen.' Hij sloeg het boekje open. 'Het is Pieter-Jan van Oldekerke, kleinzoon van oudoom Pieter, Wassenaarseweg dertien-zeventien in 's-Gravenhage.'
De Cock glimlachte.
'Bel hem eens op, vraag wat hij weet van de bronzen ibis en de vloek die daarop zou rusten, probeer of hij bereid is om ons een afschrift van het bewuste testament te sturen. Ga verder eens na of Iwan Terborch een strafblad heeft en... '
De oude rechercheur stokte. Er werd op de deur van de recherchekamer geklopt en Vledder riep: 'Binnen.'
In de deuropening verscheen een lange, forsgebouwde man.
De Cock schatte hem op achter in de dertig. Hij droeg een slobberig lichtgrijs kostuum met een te opzichtige rode stropdas. De schaduw van een doorbrekende baard kleurde zijn gezicht asgrauw. Met soepele tred liep hij op de grijze speurder toe en bleef bij zijn bureau staan.
'U bent rechercheur De Cock?'
De grijze speurder knikte.
'De Cock met... eh, met ceeooceekaa,' reageerde hij wat vermoeid. 'Wat kan ik voor u betekenen?'

De man gebaarde naar de stoel naast zijn bureau.
'Kan ik erbij gaan zitten?'
De Cock knikte geschrokken.
'Zeker, zeker. Neemt u plaats.'
De man liet zich op de stoel zakken en boog zich iets naar hem toe.
'Ik ben Kees... of feitelijk Cornelis... Cornelis van der Graft. Ik werk bij het veilinghuis De Hoop aan het Karthuizersplantsoen in de Jordaan. Vanmorgen ben ik gebeld door dat vrouwtje Van Oldekerke van de Herenmarkt. Ze vertelde dat men uit het magazijn van de antiquair aan de Oude Vensterstraat haar sarcofaag had gestolen.'
De Cock knikte.
'Ze heeft gisteravond bij ons aangifte gedaan van diefstal.'
Cornelis van der Graft verschoof iets op zijn stoel.
'Ik... eh, ik voel mij een beetje schuldig. Ziet u... ik heb haar naar die antiquair gestuurd.'
De man zweeg even en krabde achter in zijn nek.
'Ze kwam met dat ding bij mij om het door ons huis te laten veilen. Dat heb ik haar afgeraden. Het is dan maar net wat de gek ervoor geeft. Ik heb er niet zoveel verstand van, maar volgens mij is die sarcofaag een vermogen waard. Dus adviseerde ik haar om de sarcofaag door een erkend antiquair te laten taxeren.'
'Dat werd Van Wateringen aan de Oude Vensterstraat.'
Cornelis van der Graft knikte.
'Er schoot me niet zo gauw een andere antiquair te binnen. In ons wereldje kom je die luitjes nog wel eens tegen. Als we iets leuks in de aanbieding hebben, staan ze vooraan.'
De Cock kneep zijn lippen opeen.
'Hij is dood,' sprak hij strak.
Het gezicht van Cornelis van der Graft versomberde.
'Dat heb ik gehoord. Dat vrouwtje vertelde het mij. Vermoord. Jullie vonden hem onder aan de trap van zijn kelder. Een dolk in zijn rug.'
De Cock keek hem quasi bewonderend aan.
'U bent goed geïnformeerd.'
Cornelis van der Graft zuchtte.
'Jammer voor de man. Ik ken hem wel niet zo goed, maar je wilt

toch niet dat iemand op zo'n rottige manier aan zijn eind komt. Een beetje onchristelijk.'
De Cock gniffelde om het taalgebruik van de veilingman. Hij keek hem vragend aan.
'Ik ken nog niet de reden van uw komst,' sprak hij vriendelijk. 'Wat hebt u ons te vertellen?'
Cornelis van der Graft boog zich nog verder naar voren. Zijn ellebogen steunden op het bureau van De Cock.
'Ik geloof niet in diefstal.'
De oude rechercheur trok zijn wenkbrauwen op.
'U gelooft niet dat de sarcofaag is gestolen?' vroeg hij verwonderd.
Cornelis van der Graft schudde zijn hoofd.
'Ik geloof er geen barst van. Zal ik jullie tweetjes nu eens precies vertellen hoe het is gegaan?'
De Cock glimlachte.
'Ik ben benieuwd.'
'Kijk, die Van Wateringen heeft het niet aangedurfd om een schatting te maken... bang dat hij er totaal naast zat. Toen is hij om advies met de sarcofaag naar een andere antiquair gegaan. Misschien een man die hij als een goed collega of vriend beschouwde.'
De Cock luisterde geïnteresseerd.
'Verder.'
'Die andere antiquair zag onmiddellijk dat die sarcofaag iets bijzonders was en kwam op een ideetje.'
'Wat voor een ideetje?'
'Hij zei tegen die Van Wateringen dat hij het ding eerst nog eens goed wilde bekijken voor hij tot een oordeel kwam.'
De Cock keek hem nadenkend aan.
'Je bedoelt: hij bracht Van Wateringen ertoe om de sarcofaag bij hem achter te laten?'
'Precies. Daarna maakte hij een afspraak, ging naar die zaak van Van Wateringen en stak hem in de kelder een dolk in zijn rug.'
De Cock kneep zijn ogen half dicht.
'Waarom?'
Cornelis van der Graft keek hem ongelovig aan.
'Dat... dat,' stamelde hij, 'dat is toch logisch. Van Wateringen

was de enige die wist waar en bij wie hij de kostbare sarcofaag had gebracht.'

Toen Kees Cornelis van der Graft uit de recherchekamer was vertrokken, keken de rechercheurs elkaar verbouwereerd aan. Een tijdlang zwegen zij. Eenieder verdiept in zijn eigen gedachten.
Het was Vledder die het zwijgen verbrak.
'Ik vind het een prachtige theorie,' sprak hij bedachtzaam. 'Ik ben bang dat wij zelf niet op dat idee waren gekomen. Het is een knappe gedachte van de veilingman. Nu onze onbekende antiquair zijn collega Van Wateringen heeft vermoord, kan hij zich rustig in het bezit van de bronzen sarcofaag verheugen.'
De Cock trok denkrimpels in zijn voorhoofd.
'Een motief voor moord?'
'Hoe kostbaar is dat ding? Er zijn om geringere zaken moorden gepleegd. Ik kan het bezit van die sarcofaag echt wel als een motief zien. Vermoedelijk is dat ding heel exclusief.'
De Cock kauwde peinzend op zijn onderlip.
'Laten we eens bezien,' sprak hij nadenkend, 'of de theorie van Cornelis van der Graft kan kloppen.'
'Natuurlijk kan die kloppen.'
De Cock wuifde de opmerking weg.
'Mevrouw Van Wateringen wist dat haar man een sarcofaag in consignatie had.'
'In consignatie?'
De Cock knikte.
'Zo noemde ze dat. Volgens haar zeggen verliet Arthur van Wateringen om kwart over negen, half tien, hun woning in Amstelveen voor een afspraak in zijn zaak met iemand die belangstelling voor de sarcofaag had. Een paar uur later werd ze gebeld door een man aan de overkant van de winkel, die haar zegt dat voor de winkel van haar man een ambulancewagen staat en...'
De oude rechercheur kwam plotseling met een ruk uit zijn stoel omhoog en beende naar de kapstok.
Vledder kwam hem geschrokken na.
'Waar ga je heen?'
De Cock wuifde voor zich uit.

'Naar de Oude Vensterstraat. Als die man gisteravond de ambulancewagen heeft zien komen, dan heeft hij wellicht ook gezien wie er bij Van Wateringen op bezoek kwam.'
Vledder keek hem met grote ogen aan.
'Zijn moordenaar.'
De Cock wurmde zich in zijn oude regenjas en greep naar zijn hoedje.
De telefoon op zijn bureau rinkelde. Vledder liep terug en pakte de hoorn op. De oude rechercheur bleef staan en lette op het gezicht van zijn jonge collega.
Na enkele seconden legde Vledder de hoorn op het toestel terug.
De Cock liep op hem toe.
'Wie was dat?'
'De wachtcommandant.'
'En?'
'Beneden aan de balie staat Iwan Terborch. Hij wil met je spreken.'

4

Vledder keek zijn oude leermeester grinnikend aan.
'Ik dacht dat jij een paar dagen met je vrouw op vakantie wilde... naar Barsingerhorn, naar dat watertje waar de mooiste snoeken voor je hengeltje in de rij staan?'
De Cock maakte een hulpeloos gebaar.
'Ik wil je nu niet in de steek laten. Men weet nooit hoe een zaak zich ontwikkelt.' Hij gebaarde naar het raam. 'En misschien houdt het mooie weer nog even aan. Als we deze zaak hebben geklaard...'
Vledder onderbrak hem.
'Wat doen we met Iwan Terborch?'
De Cock zuchtte.
'Bel de wachtcommandant,' sprak hij vermoeid, 'en zeg dat hij hem naar boven kan sturen.'
'De Oude Vensterstraat?'
De Cock staarde peinzend voor zich uit.
'Hoe laat is de sectie?'
'Om twee uur vanmiddag.'
De Cock keek naar de grote klok boven de toegangsdeur.
'Voorlopig tijd genoeg. Ga jij maar alleen naar de Oude Vensterstraat, dan sta ik die Iwan Terborch te woord. Misschien bekent hij.'
Vledder lachte.
'Dan kun je vanmiddag nog weg.'
De Cock schudde zijn hoofd.
'Ik ben niet zo optimistisch. In de regel vallen wij van het ene mysterie in het andere.' Hij zweeg even. 'Hou het ruim in de Oude Vensterstraat.'
Vledder keek hem niet-begrijpend aan.
'Wat bedoel je?'
'Mevrouw Van Wateringen zei dat ze was gebeld door een man aan de overkant van de straat. De overkant is een vaag begrip.'
Vledder glimlachte.
'Een vaag begrip, waaraan ik een ruime interpretatie moet geven.'
De Cock grinnikte.

'Heel goed. Je bent vandaag opmerkelijk vlug van begrip.'
'Dank je.'
De Cock strekte zijn wijsvinger naar hem uit.
'Noteer de adressen waar niemand thuis is, dan gaan we daar vanavond heen. Misschien hebben we eens een keer mazzel en vinden we een prima getuige.'
De jonge rechercheur keek hem schuins aan.
'Waarom heb je mevrouw Van Wateringen gisteravond niet gevraagd wie die man was?'
'Mevrouw Van Wateringen sprak van *een* man,' antwoordde hij verontschuldigend. 'Ik ging ervan uit dat hij voor haar een onbekende was, anders had ze gezegd: ik ben gebeld door die en die.'
'Zou hij haar zijn naam niet hebben genoemd?'
De Cock maakte een schouderbeweging.
'Dat kan. Maar bedenk dat mevrouw Van Wateringen door de mededeling mogelijk was geschokt en niet alert was op de naam van de man die haar belde.'
De oude rechercheur trok een denkrimpel in zijn voorhoofd.
'Kijk straks in het telefoonboek of bij de antiekzaak van Van Wateringen ook zijn privé-telefoonnummer in Amstelveen staat.'
'En als dat er niet bij staat?'
De Cock grijnsde.
'Dan weet de man die belde meer dan ik oppervlakkig van mijn buren aan de overkant weet.'

De Cock leunde iets achterover. Hij keek de man, die wat onwennig op de stoel naast zijn bureau was gaan zitten, onbevangen aan. De oude rechercheur schatte hem op achter in de twintig.
Iwan Terborch, zo constateerde hij, was inderdaad het type van een mooie man. Hij had een fraai atletisch figuur en een regelmatig ovaal gelaat met een iets geprononceerde kin. Zijn blonde haren krulden warrig tot in zijn nek en zijn ogen glansden hemelsblauw.
De man droeg een strakke lichtbruine pantalon, waarboven een iets lichter getint bruin getailleerd hemd, dat zijn machtige torso een extra accent gaf.

Iwan Terborch, zo overdacht De Cock cynisch, was te mooi om sympathiek te zijn.
De oude rechercheur keek hem toch glimlachend aan.
'Wat voert u tot mij?' opende hij.
Het klonk bijna spottend.
Iwan Terborch trok zijn mond strak.
'Hij is dood.'
De Cock veinsde onbegrip.
'Wie?'
'Die vieze dikke oude prulletjesman.'
'Prulletjesman?' herhaalde De Cock vragend. 'Noemde u hem zo?'
Iwan Terborch gebaarde heftig.
'Dat klopt toch?' riep hij geëmotioneerd. 'Wat heeft die man zijn hele leven gedaan? Prullaria verkocht voor antiek. Met een stalen gezicht. Die man leefde puur van bedrog.'
'U bedoelt antiquair Van Wateringen?'
Iwan Terborch grinnikte.
'U weet best wie ik bedoel.'
De Cock negeerde de opmerking.
'Wie heeft u van zijn overlijden bericht?'
'Zij.'
'Wie is "zij"?'
Iwan Terborch draaide hem zijn rug toe en bromde.
'Ook dat behoef ik u niet te zeggen.'
De Cock voelde de wrevel in zijn bloed kruipen. Zijn gezicht werd een strak masker. Het gedrag en de antwoorden van de man irriteerden hem bovenmate.
'Draai je om,' siste hij van tussen zijn tanden, 'en kijk mij aan.'
Iwan Terborch gehoorzaamde als een schooljongen.
De Cock strekte zijn rechterarm naar hem uit.
'Ik verzoek u dwingend om u ten opzichte van mij fatsoenlijk te gedragen en op een redelijke wijze op mijn vragen te reageren.'
Het gezicht van Iwan Terborch betrok. De felle uitval van de oude rechercheur had zijn uitwerking niet gemist. Zijn hautaine houding verdween.
'Mijn ex-vrouw,' sprak hij timide, 'Helen van Haaksbergen. Zij belde mij vanmorgen op en beschuldigde mij ervan haar man te hebben vermoord.'

'En?'
Iwan Terborch keek hem onthutst aan.
'Wat bedoelt u?'
'Hebt u hem vermoord?'
Iwan Terborch schudde vertwijfeld zijn hoofd.
'Ik niet.'
De Cock grijnsde.
'Ik heb nog nooit,' sprak hij hoofdschuddend, 'een moordenaar direct horen bekennen.'
Iwan Terborch schudde opnieuw zijn hoofd.
'Ik... eh, ik heb niets te bekennen,' riep hij met enige stemverheffing. 'Ik ben zijn moordenaar niet.'
De Cock keek hem niet-begrijpend aan.
'Hoe kan uw ex-vrouw u dan van moord op haar man beschuldigen?'
Iwan Terborch liet zijn hoofd iets zakken.
'Ik heb wel eens tegen haar gezegd,' antwoordde hij zacht, 'dat ik een mes in zijn dikke bast zou duwen. Maar dat meende ik niet. Dat was uit woede omdat hij Helen van mij af had gepakt.'
'Zo voelde u dat?'
Iwan Terborch knikte.
'Ik probeer al enige tijd te accepteren dat ik haar kwijt ben, maar in het begin kon ik dat in het geheel niet vatten. Mijn mooie Helen... zo'n dikke vieze oude man.'
De Cock hield zijn hoofd iets schuin.
'Een onmogelijke combinatie?'
'Absoluut.'
De Cock maakte een grimas.
'Misschien begrijpt u te weinig van wat vrouwen van een man verwachten.'
Iwan Terborch klopte met zijn vuisten op zijn brede borst.
'Vrouwen,' sprak hij trots, 'te kust en te keur. Ik hoef maar met mijn vingers te knippen...'
De Cock glimlachte.
'Of,' vulde hij hoofdknikkend aan, 'ze vliegen in uw armen.'
'Precies. Ik kan u daar voorbeelden van noemen.'
De oude rechercheur reageerde niet direct. Hij streek met zijn pink over de rug van zijn neus.
'U bedoelt in feite,' sprak hij fijntjes, 'dat Helen van Haaksber-

gen blij had moeten zijn dat u met haar was getrouwd... dat het een enorme stommiteit van haar was om u te verlaten.'
Iwan Terborch ontstak in woede.
'Het was zijn geld... zijn geld. Daar was ze op uit. Die Van Wateringen was stinkend rijk. U moet zijn kinderen maar eens vragen hoe die over Helen van Haaksbergen denken.'
'Zijn kinderen?'
Iwan Terborch zuchtte diep.
'David en Evert van Wateringen. De antiquair was al eerder keer getrouwd geweest. Zijn eerste vrouw Mathilde is jaren geleden aan kanker gestorven.'
'U bent goed op de hoogte.'
Iwan Terborch grijnsde.
'Toen Helen belangstelling voor die Van Wateringen kreeg, ben ik de familie eens nagegaan. Dat is niet zo moeilijk. Een vriend van mij werkt bij het bevolkingsregister in Amsterdam.'
De Cock knikte begrijpend.
'Kent u die zoons?'
'Evert niet. Maar met David heb ik regelmatig contact. Hij traint in de Marnixstraat in dezelfde sportschool als ik.'
'David was niet zo erg te spreken over de keuze van zijn vader?'
Iwan Terborch grinnikte.
'U drukt zich nog voorzichtig uit. David was woedend toen hij van de trouwplannen van zijn vader hoorde. Ook hij was ervan overtuigd dat Helen zijn vader inpalmde en op een huwelijk aandrong om zijn vermogen te bemachtigen. De kinderen krijgen nu na zijn overlijden niets... bijna niets. Vrijwel alles gaat naar Helen.'
Er kwam een kwaadaardige glinstering in zijn helblauwe ogen en de wrange trek om zijn mond was niet prettig om aan te zien.
'Als u voor de moord op Van Wateringen zoekt naar iemand met een duidelijk motief... '
De Cock grijnsde.
'Dan wende ik mijn blik naar zijn jonge weduwe.'

De Cock keek zijn jonge collega ontsteld aan.
'Niets?' riep hij ongelovig.
Vledder schudde zijn hoofd.

'Ik heb het vage begrip "overkant" inderdaad een ruime interpretatie gegeven en het hele rijtje huizen tegenover de antiekwinkel bezocht. Gelijkstraats zijn in de Oude Vensterstraat kleine bedrijven en winkeltjes. Ik heb geïnformeerd... daar is laat op de avond niemand meer aanwezig. Boven die bedrijven en winkeltjes wonen meest oudere lieden, die voor tienen al onder de wol kruipen.'
De Cock maakte een gebaar van vertwijfeling.
'Niemand heeft iets gezien?'
Vledder grinnikte vreugdeloos.
'Er was een oud vrouwtje, dat zo rond de klok van twaalf uur wakker was geworden om een plasje te doen en toen voor de deur van de antiekzaak een ambulancewagen zag staan. Ze vroeg zich even af wat er was gebeurd en is toen weer in bed gekropen.'
'Was iedereen thuis?'
Vledder knikte.
'Ik heb in iedere woning iemand aangetroffen.'
'Kenden ze Van Wateringen?'
'Van gezicht.'
'Verder niet?'
Vledder schudde zijn hoofd.
'Geen van de bewoners had ooit persoonlijk contact met hem gehad.' De jonge rechercheur zweeg even. 'Ik heb ook in het telefoonboek gekeken.'
'En?'
'Privé-telefoonnummer en het adres in Amstelveen staan niet vermeld.'
De Cock trommelde met de toppen van zijn vingers op zijn bureau.
'Wie heeft haar dan gebeld?'
Vledder trok zijn schouders op.
'Zijn moordenaar?'
De Cock staarde voor zich uit.
'Misschien is dat telefoontje een verzinsel... had ze geen telefoontje nodig.'
Vledder keek hem met grote ogen aan.
'Je bedoelt dat ze wist wat er in de antiekzaak met haar man was gebeurd en een telefoontje verzon om haar komst te verklaren?'

De Cock knikte traag.
'Ik zei al: je bent vandaag vlug van begrip.'

De Cock keek op de klok, stond van zijn stoel op en slenterde naar de kapstok.
'Ik ga met je mee naar Westgaarde.'
'Om de sectie bij te wonen?'
De Cock schudde zijn hoofd.
'Ik behoef dokter Rusteloos niet meer aan het werk te zien. Ik weet hoe vaardig hij lijken uit elkaar peutert. Ik neem op Westgaarde de Golf van je over.'
Vledder reageerde verwonderd.
'Ga jij achter het stuur?' vroeg hij spottend. 'Echt in het verkeer?'
De Cock knikte instemmend.
'Ik heb nog steeds mijn rijbewijs. Ik schat dat dokter Rusteloos ongeveer twee uur nodig heeft. Ik ben dan weer terug om je op te halen.'
Vledder fronste zijn wenkbrauwen.
'Waar ga jij heen?'
'Naar een sportschool.'
Vledder gniffelde.
'Om je pycnische habitus bij te werken?'
De Cock glimlachte.
'Ik heb daar een afspraak met David van Wateringen. Zoon van de vermoorde antiquair.'
'Had hij kinderen?'
'Uit een vorig huwelijk.'
'Hoe weet je dat?'
'Van Iwan Terborch, die kent David van Wateringen van de sportschool waar hij traint.'
Vledder keek hem schattend aan.
'Heeft de bodybuilder bekend?'
De Cock zette zijn hoedje op.
'Hij geeft toe wel eens bedreigingen te hebben geuit. Maar verder ontkende hij in alle toonaarden.'
'Jammer.'
De oude rechercheur knikte met een bedroefd gezicht.
'Inderdaad... jammer. Geloof me, ik had hem met vreugde gearresteerd.'

David van Wateringen bleek een sympathieke jongeman van achter in de twintig. In zijn sportkleding zag hij er indrukwekkend uit. De Cock keek hem onderzoekend aan en herkende familietrekken. Zwart sluik haar, diepliggende bruine ogen en een neiging tot corpulentie. De oude rechercheur liet zijn hoofd iets zakken.
'Gecondoleerd,' sprak hij plechtig, 'met de dood van uw vader.'
David van Wateringen keek naar hem op.
'Ik moet u eerlijk bekennen,' sprak hij openhartig, 'dat ik geen pijn of verdriet voel. Ik voel feitelijk niets. Misschien komt dat later. Vader en ik zijn de laatste jaren wat uit elkaar gegroeid.'
'Helen van Haaksbergen?'
David knikte.
'Evert en ik hebben van alles geprobeerd om zijn huwelijk met haar te verhinderen, maar de oude bok wilde een jong blaadje.'
'Zijn goed recht.'
David schonk hem een vermoeide glimlach.
'Zo denkt u erover. Maar Evert en ik zijn de dupe van zijn lusten.'
'Dat klinkt onvriendelijk.'
David knikte.
'Dat begrijp ik. Maar het is wel de realiteit. Hij had toch gewoon met haar samen kunnen leven?'
'U bedoelt: dat huwelijk was niet nodig geweest?'
'Precies. Het was dom. Het getuigde van een slecht inzicht.'
'Liefde maakt blind.'
David zuchtte.
'Als hij met alle geweld een huwelijk wilde, om wat voor reden dan ook, dan had hij voordien met ons een financiële regeling moeten treffen.'
'Dat is niet gebeurd?'
'Nee.'
'Had u voor haar komst, voor de interventie van Helen van Haaksbergen, wel een goed contact met uw vader?'
'Redelijk.'
'Besprak hij met u wel eens zakelijke aangelegenheden?'
David schudde zijn hoofd.
'Daarvoor had hij het vierspan.'

'Het vierspan?'
'Zo noemden zij zich... het vierspan. Vier antiquairs die tezamen een soort verbond vormden.'
'Zakelijk?'
'Niet alleen puur zakelijk. Ze waren in wezen ook vrienden van elkaar.'
'Kent Helen van Haaksbergen het vierspan.'
'Zeker. Ze trad als gastvrouw op als vader in Amstelveen een feestje voor hen organiseerde.'
'Kent u de namen van de drie anderen van het verbond... hun woon- of verblijfplaats?'
David knikte.
'Ik ben wel eens met vader bij hen op bezoek geweest.'
'Bent u bereid om mij die namen en adressen te geven?'
'Als u erop staat,' antwoordde David onverschillig. 'Ik begrijp niet hoe zij iets met de dood van mijn vader van doen kunnen hebben?'
De Cock negeerde de vraag.
'Weet u hoe uw vader stierf?'
David staarde somber voor zich uit.
'Helen van Haaksbergen heeft mij uitvoerig verslag gedaan. Het was in de kelder van de winkel. Er stak een groot model stiletto tot aan het heft in zijn rug.'
De Cock knikte.
'Voor zo'n steek is veel kracht nodig.'
De oude rechercheur zweeg even voor het effect.
'Dat sluit Helen van Haaksbergen als mogelijke moordenares vrijwel uit.'
David keek hem gespannen aan. Langzaam schudde hij zijn hoofd.
'Ik ben het niet met u eens. Helen van Haaksbergen speelt uitstekend tennis. Haar grootste wapen is een krachtige eerste opslag.'

5

De Cock kroop op de parkeerplaats van Westgaarde met een diepe zucht van verlichting achter het stuur van de Golf vandaan. De oude speurder hield niet van autorijden. Versnellingen waren hem een gruwel. Bovendien was in de loop der jaren het verkeer hem te hectisch geworden met al die egoïsten en piraten. De rit door het drukke verkeer vanaf de sportschool had hem vermoeid. Toch hield hij met een hoofse buiging het portier van de Golf voor zijn jonge collega open.
Vledder negeerde het gebaar. Hij liep speurend om de wagen heen.
'Geen schrammetje,' stelde hij met voldoening vast. 'Geen schrammetje.'
De Cock keek hem verwijtend aan.
'Had je dat verwacht?'
Vledder knikte nadrukkelijk.
'Min of meer. De keren dat ik jou auto heb zien rijden, hield ik mijn hart vast.'
De Cock stapte grommend in.
'Ik heb nog nooit een aanrijding veroorzaakt.'
Vledder snoof.
'Mazzel. Sommige mensen gaan ervan uit dat alle andere mensen in het verkeer rekening met hen houden.'
'Zo'n vent ben ik?'
Vledder lachte.
'Wil je een antwoord?'
De Cock liet het onderwerp rusten.
'Heb je Ben Kreuger nog gesproken?'
Vledder nam achter het stuur plaats en knikte.
'Ik ontmoette hem op Westgaarde nog voordat dokter Rusteloos met zijn sectie begon. Volgens de dactyloscoop waren op het heft van de stiletto geen vingerafdrukken te vinden.'
'Handschoenen?'
'Zeker.'
'Hoe was de sectie?'
Vledder trok zijn schouders op.
'Niets bijzonders. De stiletto heeft een hartslagader geraakt.

Antiquair Van Wateringen is inwendig doodgebloed.'
'Zei dokter Rusteloos nog iets?'
'Je moet de groeten hebben.'
'Ik bedoel, over de kracht waarmee het wapen is gebruikt?'
Vledder schudde zijn hoofd.
'Hij zei alleen dat een steekwond in de rug vaak afketst op een schouderblad of de ruggenwervels.'
'De steek was dus een toevalstreffer?'
'Of de dader weet iets van anatomie.'
De Cock liet zich wat onderuitzakken.
'Helen van Haaksbergen,' sprak hij achteloos, 'speelt heel goed tennis en heeft een keiharde eerste service.'
Vledder keek hem van terzijde aan.
'Hoe kom je aan die wijsheid?'
'David van Wateringen.'
Vledder fronste zijn wenkbrauwen.
'Denkt hij dat zijn vader door zijn jonge vrouw is vermoord?'
'Dat heb ik hem niet rechtstreeks gevraagd.'
'Kreeg je de indruk?'
'Hij zei het niet openlijk, maar liet het min of meer doorschemeren. En net als Iwan Terborch meent David van Wateringen dat Helen van Haaksbergen de antiquair om zijn geld heeft getrouwd. Zij is de enige die van zijn dood profiteert.'
Vledder trok een bedenkelijk gezicht.
'Vat je alles samen... dat vreemde telefoontje... haar kennis van de situatie in de zaak van haar man aan de Oude Vensterstraat... dan is zij een redelijke verdachte, met een motief.'
Hij blikte even opzij.
'Durf jij haar arrestatie aan?'
'Met wat wij nu weten?'
'Ja.'
De Cock schudde zijn hoofd.
'Dan zul je haar na een simpel verhoor moeten heenzenden. Zij lijkt mij geen vrouw die je zonder een deugdelijke bewijsvoering tot een bekentenis brengt.' Hij zweeg even. 'Als ze schuldig is.'
'En daar twijfel je aan?'
'Ik vind het nog te vroeg om daar een oordeel over te hebben. We weten nog zo weinig.'

Ze reden verder zwijgend naar de binnenstad.
Vledder parkeerde de Golf op de houten steiger achter het bureau. Het was loom, warm weer en het water van het Damrak stonk. De rechercheurs stapten uit en slenterden traag via de Oudebrugsteeg naar de Warmoesstraat. Een jongeman, van wie De Cock meende dat hij nog steeds in de bajes thuishoorde, liep hem minzaam glimlachend voorbij.
Toen ze de hal van het politiebureau binnenstapten, wenkte Jan Kusters De Cock vanachter de balie.
De oude rechercheur liep naar de wachtcommandant toe en maakte met zijn handen een afwerend gebaar.
'Ik wil alleen naar je luisteren als je mij echt iets prettigs hebt te vertellen,' sprak hij jolig.
Jan Kusters bromde.
'Daar word ik niet voor betaald. En ik heb er ook geen behoefte aan om jou prettige dingen te vertellen.' Hij wees omhoog. 'Er zit boven een man op je te wachten.'
'Wat voor een man?'
De wachtcommandant zwaaide geïrriteerd.
'Weet ik veel. Ik heb niet naar zijn naam gevraagd. Ik dacht dat jij binnen was. Toen hij naar jou vroeg, heb ik hem naar boven gestuurd.'
'Lang geleden?'
'Een halfuurtje... misschien wel langer.'
De Cock grinnikte.
'Ga vanavond eens vroeg naar bed.'
Hij liep bij hem weg en besteeg opmerkelijk kwiek de stenen trappen naar de tweede etage.
Vledder volgde.
Op de bank voor de toegangsdeur naar de grote recherchekamer zat een slanke man in een grijsflanellen kostuum. De Cock schatte hem op achter in de veertig. Hij had een lang, tanig gelaat, donker haar en was grijzend aan de slapen. Toen hij de oude rechercheur in het oog kreeg, stond hij op en liep op hem toe.
'U behandelt de moord op antiquair Van Wateringen?' vroeg hij op een autoritaire toon.
De Cock keek de man even aan, slofte zonder te antwoorden aan hem voorbij en liep de grote recherchekamer binnen. De man kwam hem na.

'Ik vroeg of u de moord aan antiquair Van Wateringen behandelde?'
De Cock ging achter zijn bureau zitten en blikte omhoog. Om zijn mond dartelde een zoete glimlach.
'Ik ben gewend,' sprak hij vriendelijk, 'dat iemand zich eerst behoorlijk aan mij voorstelt.'
Het tanige gezicht van de man kleurde rood.
'Mijn naam is Goederijke, Adriaan Goederijke. Ik ben... ik was een vriend van Arthur van Wateringen.'
De oude rechercheur kwam uit zijn stoel omhoog.
'Mijn naam is De Cock met... eh, met ceeooceekaa.' Hij gebaarde hoffelijk naar de stoel naast zijn bureau.
'Neemt u plaats.'
Adriaan Goederijke ging wat stijfjes zitten.
'Ik ben... ik was niet alleen een vriend van Arthur van Wateringen. Wij waren ook vakbroeders.'
Zijn stem klonk wat vriendelijker.
'U bent antiquair?'
Adriaan Goederijke knikte.
'Ik heb geen eigen zaak, zoals Arthur van Wateringen. Ik ben meest op reis, steeds op zoek naar interessante artikelen. Veel mensen hebben kostbaar antiek in huis, zonder het zelf te weten.'
'En dat koopt u dan op... zonder hen te vertellen wat ze niet weten?'
Adriaan Goederijke dacht even na en knikte.
'Zo... eh, zo ongeveer, ja.'
De Cock glimlachte.
'Almaar hopen op een zwijntje.'
Adriaan Goederijke keek hem verstoord aan.
'Een zwijntje?'
De Cock lachte.
'Een Jiddische uitdrukking voor een gelukje, een mazzeltje, een bezolletje, alles Jiddisch. Onze taal is ervan doorspekt.'
Adriaan Goederijke schudde zijn hoofd.
'Ik ben hier niet,' reageerde hij nukkig, 'om door u in taal onderwezen te worden.'
De Cock accepteerde de terechtwijzing en dreef de lach van zijn gezicht.

'Waarom wilde u weten,' vroeg hij ernstig, 'of ik de moord op Arthur van Wateringen behandelde?'
Adriaan Goederijke verschoof iets op zijn stoel.
'Omdat ik het niet heb gedaan.'
De Cock keek hem verrast aan.
'Herhaalt u dat nog eens?' vroeg hij verward.
'Omdat ik het niet heb gedaan.'
'Wat hebt u niet gedaan?'
'Arthur van Wateringen vermoord.'
De Cock boog zich iets naar hem toe.
'Wie beweert dat dan?'
'Een man.'
'Welke man?'
Adriaan Goederijke zuchtte.
'Dat weet ik niet.' In zijn stem sloop paniek. 'Ik ben nu al tweemaal gebeld door een man die zegt dat ik een sarcofaag heb gestolen en daarna Arthur van Wateringen heb vermoord.'
De Cock hield zijn hoofd iets schuin.
'Om wat voor een sarcofaag zou het dan gaan?'
Adriaan Goederijke zuchtte opnieuw.
'Een bronzen sarcofaag met daarop een vogel, een gestileerde ibis.'
De Cock zocht even bedenktijd.
'Er is inderdaad zo'n sarcofaag uit de winkel van Van Wateringen gestolen.'
Adriaan Goederijke spreidde zijn handen.
'Niet door mij... niet door mij.'
De Cock keek hem schattend aan.
'Door wie wel?'
Adriaan Goederijke tastte in een gebaar van wanhoop met zijn handen naar zijn hoofd.
'Geen flauw idee. Ik heb daar niets mee te maken.'
De Cock negeerde de uitingen van emotie.
'Is er volgens u,' vroeg hij kalm, 'een verband tussen de diefstal van de sarcofaag en de moord op Arthur van Wateringen?'
'Volgens de man die mij belde, wel.'
De Cock schudde zijn hoofd.
'Ik vroeg of ú een verband ziet?'
Adriaan Goederijke sloot even zijn ogen.

'Ik weet het niet... ik weet het niet. Arthur was mijn vriend en...'
De Cock onderbrak hem.
'Wist u,' vroeg hij streng, 'dat Arthur van Wateringen zo'n sarcofaag in consignatie had?'
Adriaan Goederijke antwoordde niet.
De Cock nam een kleine pauze.
'Wist u dat Arthur van Wateringen zo'n sarcofaag in consignatie had?' vroeg hij iets dwingender.
Adriaan Goederijke knikte.
'Arthur van Wateringen,' sprak hij zwaar zuchtend, 'is met dat ding bij mij geweest.'
'Wanneer?'
'Vorige week.'
'Waarom?'
'Hij wilde weten wat dat ding waard was... wat hij ervoor geven moest als hij kans zag om het te kopen. Hij had de sarcofaag van een jonge vrouw gekregen voor een prijsbepaling.'
'En?'
'Wat bedoelt u?'
'Wat was de sarcofaag volgens u waard?'
Adriaan Goederijke schudde zijn hoofd.
'Ik heb geen prijs genoemd, durfde dat niet. Ik heb van die Egyptische dingen niet zoveel verstand. Ik heb Van Wateringen geadviseerd om naar Harfsen te gaan aan het Linnaeushof. Harfsen is expert op het gebied van Oud-Egyptische voorwerpen.'
'Is Van Wateringen met de sarcofaag bij Harfsen geweest?'
'Dat neem ik aan.'
'U weet dat niet?'
Adriaan Goederijke schudde zijn hoofd.
'Ik heb nadien geen contact meer met Arthur van Wateringen gehad. Ik heb ook Harfsen niet meer gesproken.'
De Cock plukte aan het puntje van zijn neus.
'Hebt u wel eens van "het vierspan" gehoord?'
Adriaan Goederijke keek hem argwanend aan.
'Van wie hebt u die uitdrukking?'
De Cock ademde diep.
'Het is onbeleefd om een vraag met een wedervraag te beantwoorden. Hebt u wel eens van "het vierspan" gehoord?'

'Ja.'
'Behoorde u daartoe?'
'Ja.'
'En Harfsen?'
'Ook.'

Toen Adriaan Goederijke uit de grote recherchekamer was verdwenen, keek Vledder zijn oude collega verwonderd aan.
'De... eh, de theorie van Cornelis van der Graft,' sprak hij hakkelend. 'Arthur van Wateringen werd vermoord door een collega-antiquair, die in het bezit van de sarcofaag wilde komen.'
De Cock knikte.
'Er schijnt inmiddels ook iemand anders op hetzelfde idee te zijn gekomen. Ik ben blij dat Adriaan Goederijke er geen bezwaar tegen had dat wij vanaf nu zijn telefoon gaan aftappen. Als de geheimzinnige man nog eens belt, dan hebben wij in ieder geval zijn stem op de band.'
Vledder trok een denkrimpel in zijn voorhoofd.
'Wat is "het vierspan"?'
De Cock glimlachte.
'David van Wateringen vertelde mij dat zijn vader veel samenwerkte met drie andere antiquairs uit de stad... vrienden... ze noemden zich min of meer spottend "het vierspan".'
'Heeft David van Wateringen jou de namen van die antiquairs gegeven?'
'Ja.'
'Jij wist dus dat Adriaan Goederijke tot het vierspan behoorde.'
De Cock knikte.
'Ik wilde alleen zijn reactie peilen.'
'Waarom?'
De Cock glimlachte.
'Als het vierspan een soort geheim genootschap was, dan had Adriaan Goederijke zijn lidmaatschap vermoedelijk ontkend.'
Vledder knikte begrijpend.
'Hij wilde alleen maar weten van wie jij die uitdrukking had gehoord.'
De Cock grinnikte.
'Dat heb ik hem niet verteld.'

Er werd op de deur van de grote recherchekamer geklopt en Vledder riep: 'Binnen.'
De deur ging langzaam open en in de deuropening verscheen een jongeman in een verschoten spijkerbroek en een blauw jack. De Cock fronste zijn wenkbrauwen. De gelaatstrekken van de jongeman, de bouw, het postuur kwamen hem bekend voor. Gebiologeerd keek hij toe hoe de jongeman in een soepele tred naderbij kwam. Bij zijn bureau bleef hij staan.
'Hebt u al met mijn broer gesproken?'
De Cock keek naar hem op.
'U bent Evert van Wateringen?'
De jongeman knikte.
De Cock kwam uit zijn stoel overeind. Met een sombere trek op zijn gelaat stak hem zijn rechterhand toe.
'Gecondoleerd,' sprak hij plechtig, 'met het verlies van uw vader.'
Evert van Wateringen drukte zwijgend zijn hand.
'Hebt u al met mijn broer gesproken?' herhaalde hij.
De Cock knikte.
'Vanmiddag op de sportschool.'
Evert gebaarde naar de stoel naast het bureau van De Cock.
'Mag ik gaan zitten?'
'Zeker.'
Evert knoopte zijn jack los en nam plaats.
'Wat heeft mijn broer u verteld?'
De Cock toonde verwondering.
'Waarom wilt u dat weten?'
Evert aarzelde.
'Ik heb weinig contact meer met David. Sinds moeders dood is er een verwijdering tussen ons ontstaan. We hebben niet dezelfde interesses. Toen vader met die jonge vrouw aanpapte, was David des duivels. Hij heeft van alles geprobeerd om dat huwelijk verhinderen.'
'U niet?'
Evert schudde zijn hoofd.
'Ik had er vrede mee.'
'Uw broer David zegt dat u door de plannen van uw vader net zo geschokt was als hij. Dat ook u zich heftig tegen dat huwelijk heeft verzet.'

'Omwille van ons erfdeel?'
'Dat zei hij.'
Evert knikte traag voor zich uit.
'Daar was ik al bang voor,' sprak hij somber. 'Maar dat is een verkeerde voorstelling van zaken. Ik was er niet op tegen dat vader met die jonge vrouw trouwde. Ik gunde hem nog een paar gelukkige jaren.'
'David niet?'
Evert schonk hem een vermoeide glimlach.
'Die dacht alleen maar aan geld.'
'En u?'
Evert schudde zijn hoofd
'Geld betovert mij niet. Ik was alleen geïnteresseerd in het geluk van mijn vader. En als hij dat ziet in een huwelijk met een mooie jonge vrouw...' Hij maakte zijn zin niet af.
De Cock trok een grijns.
'Nobel.'
Evert haalde zijn schouders op.
'Ik wilde het geluk van vader wel bewaken.'
De Cock keek hem schattend aan.
'Hoe?'
'Toezien... toezien dat ze hem niet bedroog.'
De Cock leunde in zijn stoel achterover. De houding van de jongeman fascineerde hem.
'U... eh, u ging haar gangen na?'
Evert knikte.
'Ze was furieus toen ze merkte dat ik haar had betrapt.'
'Waarbij?'
Evert keek naar hem op. Zijn jong gezicht stond strak.
'Bedrog. Overspel. Helen van Haaksbergen had na haar huwelijk met vader nog steeds een relatie met haar eerste man. Ze sliep zelfs bij hem.'
'Iwan Terborch?'
Evert van Wateringen knikte traag.
'Zo heet hij.'

6

De Cock staarde de jongeman secondenlang aan.
'Helen van Haaksbergen,' stelde hij peinzend, 'heeft ondanks de echtscheiding haar relatie met Iwan Terborch nooit verbroken?'
Evert maakte een verontschuldigend gebaar.
'Dat... eh, dat weet ik niet,' antwoordde hij voorzichtig. 'Het is heel goed mogelijk dat er tijdelijk een verwijdering tussen haar en Terborch is geweest en dat er later een verzoening heeft plaatsgevonden.'
'Een verzoening... plaatsgevonden tijdens haar huwelijk met jouw vader?'
'Dat vermoed ik.'
De Cock plukte nadenkend aan het puntje van zijn neus.
'U zei dat u geen bedenkingen had tegen het huwelijk van uw vader met de jonge Helen van Haaksbergen... als hij daar zijn geluk in vond... maar dat u het tot uw plicht rekende om dat geluk te bewaren.'
Evert knikte.
'Dat is juist.'
'Bent u onmiddellijk na de eerste huwelijksdag begonnen om haar gangen na te gaan?'
Evert schudde zijn hoofd.
'Eerst later.'
'Eigen initiatief?'
'Zolang vader niets te klagen had... zich gelukkig toonde... heb ik geen initiatieven ontplooid. Dat moet u toch begrijpen? Ik ben er nooit opuit geweest om zijn geluk met haar te verstoren. Integendeel.'
De Cock boog zich iets naar hem toe.
'Vader kreeg iets te klagen?'
Evert liet zijn hoofd zakken.
'Ik denk dat haar ontrouw toen al een tijdje gaande was. Vader was geen kwaaddenkende man. Hij had moeder ook altijd blindelings vertrouwd. Toen hij zijn beklag bij mij deed, moet hij voor zichzelf al de zekerheid hebben gehad dat Helen hem bedroog.'

De Cock knikte begrijpend.
'Wist hij met wie?'
Evert schudde zijn hoofd.
'Ik denk dat vader daarover volkomen in het duister tastte.'
De jongeman glimlachte.
'Ik vermoed dat hij daarbij nooit aan haar ex Iwan Terborch heeft gedacht.'
'Waarom niet?'
'Helen had haar ex-man afgeschilderd als een onmogelijke vent, een soort barbaar met veel eigenliefde, van wie zij goddank verlost was.'
De Cock knikte begrijpend.
'Toen uw vader van Helen ontrouw vermoedde... heeft hij haar toen nooit vragen gesteld... zijn bedenkingen kenbaar gemaakt omtrent haar gedrag?'
Evert schudde opnieuw zijn hoofd.
'Dat lag niet in de aard van mijn vader. Hij was altijd bang dat hij mensen zou kwetsen.'
'Maar hij bracht zijn klachten over haar wel bij u naar voren?'
Evert knikte.
'Ik denk dat vader blij was dat hij een zoon had aan wie hij zijn zorgen kwijt kon.'
De Cock nam enige bedenktijd.
'U bent pas de gangen van Helen nagegaan,' ging hij tastend verder, 'nadat vader zich bij u over haar gedrag had beklaagd.'
Over het jong gezicht van Evert van Wateringen gleed een vermoeide glimlach.
'Vader vertelde mij dat Helen soms hele nachten wegbleef.'
'Hoe hebt u haar bedrog, haar overspel, ontdekt?'
'Ik volgde haar toen ze met haar sportwagentje 's avonds hun huis in Amstelveen verliet. Het was niet moeilijk. Ze reed rechtstreeks naar de Churchilllaan in Amsterdam, parkeerde daar haar wagentje en ging het huis van die Terborch binnen.'
'Wist u dat hij daar woonde?'
Evert glimlachte.
'Ik wist toch niet waarheen zij zou gaan. Net als vader had ik daarover geen enkel idee. Ik heb alleen haar wagentje gevolgd. Ik schrok toen ik het naambordje op de deur las.'
'Wat hebt u toen gedaan?'

'Blijven staan kijken.'
'De hele avond en nacht?'
'Een poosje. Een uur of twee. Maar het duurde mij te lang. Ik had in mijn portefeuille nog twee postzegels. Die heb toen over de naad van de voordeur geplakt en ben een paar uur gaan slapen.'
De Cock keek hem verwonderd aan.
'Twee postzegels?'
Evert knikte.
'Dat had ik eens gelezen in een of ander detectiveboek. Als de deur wordt opengedaan, scheurt de perforatie tussen de beide postzegels en weet je of iemand naar binnen of naar buiten is gegaan.'
De Cock schudde zijn hoofd.
'Ze schrijven,' verzuchtte hij, 'de gekste dingen in die detectiveboeken.' Hij keek de jongeman glimlachend aan.
'Werkte het?'
'Perfect. Toen ik na een paar uur terugkwam, stond haar wagentje daar nog en was de perforatie tussen de postzegels nog intact.'
De Cock trok een grijns.
'Ze bracht dus de nacht bij hem door.'
'Inderdaad. Van vader hoorde ik dat ze pas de volgende morgen om tien uur thuiskwam.'
'Zonder een verklaring?'
'Daar heeft vader niet naar gevraagd.'
De Cock plukte even aan zijn onderlip en wees daarna in zijn richting.
'Wat hebt u met uw bevindingen gedaan?'
'Met vader doorgenomen.'
'En verder?'
'Wij hebben onze strategie bepaald. In bijzijn van vader, en op zijn verzoek, heb ik Helen van Haaksbergen met mijn bevindingen van die avond en nacht geconfronteerd.'
De Cock glimlachte.
'Hoe reageerde ze?'
'Dat zei ik u toch al... furieus. Haar ware aard kwam even boven. Ze ging mij bijna te lijf en schold mij uit voor rotte vis.'
'Wanneer vond die uitbarsting plaats?'
'Vorige week.'

'Hoe reageerde uw vader?'
Evert staarde voor zich uit.
'Hij was de rust zelve. Toen Helen wat was gekalmeerd, zei vader dat hij verder niet door het leven wilde gaan als een bespotte oude man die door zijn jonge vrouw wordt bedrogen.'
De Cock keek hem gespannen aan.
'Hij... eh, hij wilde scheiden?'
Evert knikte nadrukkelijk.
'Dat heeft hij haar ook gezegd. Klaar en duidelijk.'
'Condities?'
'Helen van Haaksbergen mocht tot aan de officiële echtscheiding nog zolang bij hem in Amstelveen wonen, maar na de scheiding moest ze een eigen onderkomen zoeken.'
De jongeman grinnikte vreugdeloos.
'Of teruggaan naar haar eerste man. Die keuze lag aan haar.'
'Had uw vader al een advocaat benaderd... een officieel verzoek tot echtscheiding ingediend?'
Het gezicht van Evert van Wateringen versomberde.
'Daar heeft men hem de tijd niet voor gegund.'

Vledder hield met zijn handen zijn hoofd vast.
'Allemachtig,' riep hij geschokt. 'Dat werpt een geheel nieuw licht op de zaak.'
De Cock veinsde onbegrip.
'In welk opzicht?'
Vledder gebaarde heftig.
'Bij een scheiding van Arthur van Wateringen kon Helen van Haaksbergen wellicht een pittige alimentatie bedingen... maar meer niet.'
De Cock keek hem aan.
'Je bedoelt dat bij een officiële scheiding geen sprake was van een erfdeel, het grootste gedeelte van zijn vermogen?'
Vledder knikte heftig.
'Precies. Ze had haast. Arthur van Wateringen moest sterven voor hij de benodigde stappen voor de echtscheiding had ondernomen.'
'Wie?'
Vledder keek hem niet-begrijpend aan.
'Wat bedoel je?'
'Wie pleegde de moord... een persoonlijke actie van Helen zelf?'

'Dat kan toch?'
De Cock knikte.
'Die mogelijkheid mogen we zeker niet uitsluiten. Het vreemde vind ik nu, dat ze na de moord onmiddellijk haar ex-man Iwan Terborch beschuldigde, terwijl ze vermoedelijk nog regelmatig het bed met hem deelde.'
De blik van Vledder verhelderde.
'Misschien was haar huwelijk met Arthur van Wateringen wel een opzetje van Helen van Haakbergen en Iwan Terborch samen.'
'Met het doel de antiquair leeg te schudden?'
Vledder grijnsde.
'Arthur van Wateringen was een rijk man. De ontdekking van zoon Evert verstoorde de idylle en een echtscheiding betekende het einde van hun plan.'
'Dus moord?'
'Ja.'
De Cock schudde zijn hoofd. Op zijn breed gezicht lag een onwillige trek. De hele affaire zinde hem niet. Hij reageerde wat geprikkeld.
'Ik vraag nog eens... wie? Wie pleegde de moord? Helen zelf? Iwan Terborch? Samen? Of was er nog een derde in het spel?'
Vledder keek hem langdurig aan, maar bleef het antwoord schuldig.

De Cock keek de man die op de stoel naast zijn bureau was neergestreken, peilend aan. Hij schatte hem op achter in de dertig. Hij had een rond blozend gelaat, goudgeel stroblond haar en kleine, achter bolle wangen verscholen groene ogen.
'U bent dus,' sprak De Cock plechtig. 'Pieter-Jan van Oldekerke, kleinzoon van oudoom Pieter en executeur-testamentair van zijn vermogen.'
De man knikte.
'U bent goed geïnformeerd.'
De Cock glimlachte.
'Een onderdeel van mijn beroep.'
Pieter-Jan van Oldekerke verschoof iets op zijn stoel.
'Ik had gisteren in Den Haag mijn nicht Elisa van Oldekerke aan de lijn met een verschrikkelijk verhaal over haar gestolen sarcofaag en een gruwelijk vermoorde antiquair.'

De Cock knikte.
'Inderdaad,' beaamde hij, 'een verschrikkelijk verhaal van diefstal en moord. U bent daarover nog niet door ons benaderd?'
Pieter-Jan van Oldekerke keek verwonderd op.
'Moet dat?'
De Cock blikte naar Vledder, die een afwerende beweging maakte.
'Het spijt mij,' riep hij verontschuldigend. 'Ik heb nog geen tijd gehad. Ik moet ook nog...'
De Cock onderbrak hem en wendde zich weer tot de heer Van Oldekerke.
'Wij hadden het plan om u een dezer dagen te benaderen.'
'Over de moord?'
De Cock knikte.
'Onder meer.'
Pieter-Jan van Oldekerke keek hem verschrikt aan.
'Ik... eh, ik heb met die moord uiteraard niets te maken,' hakkelde hij. 'Het telefoontje van mijn nicht Elisa verbijsterde mij en vormde de directe aanleiding om u te bezoeken. Zij noemde mij uw naam als de rechercheur die het onderzoek naar de diefstal van haar sarcofaag deed.'
De Cock trok zijn gezicht in vriendelijke plooien.
'Wij beweren ook niet,' sprak hij sussend, 'dat u iets met de moord op die antiquair uitstaande hebt. Maar misschien speelt de sarcofaag van uw nicht daarin een rol.'
Pieter-Jan van Oldekerke tikte op zijn borst.
'Ik sta daar buiten. Volkomen.'
De Cock gniffelde. De afwerende, bijna angstige houding van de man amuseerde hem.
'In verband met de raadselen rond de gruwelijke moord op die antiquair zou ik de sarcofaag van uw nicht graag willen opsporen. Mogelijk leidt dat tot de dader. Ik heb echter slechts een summiere omschrijving van uw nicht Elisa gekregen. Wellicht dat u mij wat meer duidelijkheid kunt verschaffen.'
Pieter-Jan van Oldekerke trok zijn schouders iets op.
'Er staat een uitvoerige omschrijving van de sarcofaag in het testament van oudoom Pieter. Die tekst kan ik u wel bezorgen.'
'Heel graag. Als u er geen bezwaar tegen hebt, liefst had ik de tekst van het gehele testament.'

Het gezicht van Pieter-Jan van Oldekerke betrok.
'De erfgenamen van oudoom Pieter zijn allen respectabele lieden. Ik wil niet dat...'
De Cock onderbrak hem: 'Goed. Alleen de omschrijving van de sarcofaag. Dan kan ik een aanvullend opsporingsbericht verzenden.'
'Morgen hebt u het.'
De Cock hield zijn hoofd iets schuin.
'Wat weet u over de vloek die op de sarcofaag zou rusten?'
Pieter-Jan van Oldekerke glimlachte.
'Over die vloek staat in het testament niets vermeld. Ik ken het bestaan van die vloek alleen uit verhalen van oudoom Pieter. Volgens hem is de bronzen sarcofaag met de Ibis afkomstig uit het graf van de jonggestorven Egyptische farao Toetanchamon in het Dal der Koningen op de westelijke Nijloever.' Hij schudde zijn hoofd. Een glimlach rond zijn mond. 'Ik heb het verhaal zo vaak gehoord, dat ik het wel kan dromen.'
De Cock knikte hem bemoedigend toe.
'Gaat u verder.'
'Het graf van Toetanchamon werd in 1922 vrijwel ongeschonden ontdekt door Howard Carter en Lord Carnarvon. Volgens mijn oom heeft een onbekende helper van die twee egyptologen de sarcofaag gestolen uit een van de drie grafkamers die geheel gevuld waren met ushabti's, beelden van goden en godinnen, meubilair, sieraden en andere kostbare grafgiften.'
De Cock keek hem misprijzend aan.
'Ik hoor nog niets van een vloek.'
Pieter-Jan van Oldekerke stak gebarend zijn rechterarm omhoog.
'Volgens oude hiërogliefen rustte er een vloek op de schenders van Oud-Egyptische koningsgraven. Zij zouden als straf voor hun gruweldaad een gewelddadige dood sterven.'
'En? Zijn daar voorbeelden van?'
Pieter-Jan van Oldekerke knikte nadrukkelijk.
'Howard Carter en Lord Carnarvon stierven een gewelddadige dood.'
'Als gevolg van de vloek?'
'Absoluut. Ook enkele helpers van de beide archeologen die aan de grafschennis hadden deelgenomen, zijn op een ongelukkige wijze aan hun eind gekomen.'

De Cock grinnikte.
'Wat heeft die vloek met de bronzen sarcofaag van uw nicht te maken? Zij is geen grafschendster. Zij was nooit in het graf van Toetanchamon... of van welk koningsgraf dan ook.'
In zijn stem trilde iets van vermaak.
Pieter-Jan van Oldekerke boog zich naar voren.
'Volgens oudoom Pieter trof eenzelfde vloek ook de mensen die onrechtmatig in het bezit kwamen van voorwerpen uit zo'n koningsgraf.'
De Cock schudde zijn hoofd.
'Elisa van Oldekerke had de sarcofaag op een rechtmatige wijze van haar oudoom geërfd. Er is geen sprake van onrechtmatigheid.'
Pieter-Jan van Oldekerke zuchtte.
'Er bestaan twee lezingen over de vloek. Zij zou alleen die lieden treffen, die door middel van diefstal, moord, beroving of geweld in het bezit kwamen van voorwerpen uit een koningsgraf. Maar volgens een andere lezing zou de vloek al gelden vanaf het moment van de grafschennis en zou eenieder treffen die daarna zo'n voorwerp in zijn of haar bezit heeft gekregen.'
'Ongeacht of dat bezit rechtmatig was of niet?'
'Precies.'
De Cock keek hem strak aan.
'Gelooft u in zo'n vloek?'
Pieter-Jan van Oldekerke draaide zijn hoofd weg.
'Ja,' antwoordde hij zacht. 'En ook oudoom Pieter geloofde erin.'
'Liet hij daarom de sarcofaag aan zijn achternicht Elisa na?'
Pieter-Jan van Oldekerke trok een ernstig gezicht.
'Oudoom Pieter,' sprak hij bedachtzaam, 'was een eigenzinnig mens... koppig, onhandelbaar, stijfhoofdig. In dat opzicht lijkt Elisa sterk op hem. Twee botsende karakters. Ik denk dat oudoom Pieter nu vanuit het hiernamaals naar de aarde gluurt om te zien wie sterker zal zijn... Elisa of de vloek.'
De Cock wuifde het onderwerp weg.
'Elisa wist niet of de sarcofaag tegen diefstal was verzekerd.'
Pieter-Jan van Oldekerke keek hem verwonderd aan.
'Natuurlijk weet ze dat,' reageerde hij scherp. 'Ik heb het haar zelf geschreven. De sarcofaag is voor ruim twee miljoen verzekerd en die verzekering loopt nog jaren.'

7

Het was benauwend warm. Sinds vele jaren van koele, verwaterde zomers, ging Nederland weer eens gebukt onder een hittegolf. Al wekenlang stond een ongenaakbare zon hoog aan de hemel, scheen onbarmhartig op daken van auto's in de file en hield beschermende wolkenvelden hooghartig buiten haar bereik. Zelfs de nachten brachten geen verkoeling.
Toen Pieter-Jan van Oldekerke de grote recherchekamer had verlaten, stond De Cock op en wreef met de rug van zijn hand het zweet van zijn voorhoofd. Zijn zwaar, dik interlock hemd kleefde doorweekt aan zijn lijf en aan elke grijze haar op zijn hoofd wist hij een druppel. Hij deed de ramen van de recherchekamer open. Het gaf weinig verfrissing. Buiten was de schemering gevallen en de straatverlichting brandde.
Vledder floot tussen zijn tanden.
'Ruim twee miljoen,' riep hij uit, 'voor zo'n oud bronzen ding. Ik heb dat fotootje van die sarcofaag gezien. Het is mij nog geen tientje waard. Ongelofelijk. Twee miljoen, daar plegen mensen een moord voor.'
De Cock ging weer achter zijn bureau zitten en keek hem aan.
'Elisa van Oldekerke?' vroeg hij achteloos.
Vledder schrok zichtbaar van de vraag.
'Elisa van Oldekerke?'
De Cock knikte.
'Elisa van Oldekerke,' herhaalde hij onbewogen.
Vledder likte aan zijn droge lippen.
'Dat... eh, daar... eh, daar geloof ik niet in,' stotterde hij. 'Ik vond haar gisteravond heel lief, sprankelend en open. Ik heb geen moment aan haar oprechtheid getwijfeld.'
De Cock schoof zijn onderlip vooruit.
'Toch schijnt die lieve, sprankelende en beslist aantrekkelijke jonge vrouw,' sprak hij zoet, zalvend, 'wel degelijk te weten dat haar geërfde sarcofaag voor meer dan twee miljoen is verzekerd... verzekerd tegen mogelijke diefstal.'
Vledder brieste.
'Dat beweert die Pieter-Jan.'
De Cock trok zijn schouders op.

'Die waarheid is gemakkelijk te verifiëren,' sprak hij kalm. 'Een enkel telefoontje naar de verzekeringsmaatschappij is voldoende. Voorzover ik het kan zien, heeft de blozende executeur-testamentair uit Den Haag ook geen enkel belang bij een leugen.'
Vledder keek hem peilend aan.
'Elisa van Oldekerke wel?'
De Cock knikte nadrukkelijk.
'Een leugentje omwille van twee miljoen is best aantrekkelijk. Je zei zelf: twee miljoen, daar plegen mensen een moord voor.'
Vledder keek hem verontwaardigd aan.
'Jij acht,' vroeg hij met een scheve mond, 'Elisa van Oldekerke toch niet tot... eh, tot een moord in staat?' In zijn stem trilde ongeloof.
De Cock grijnsde.
'Het feit,' sprak hij ontwijkend, 'dat haar sarcofaag was gestolen, kwam Elisa van Oldekerke zeker niet ongelegen. Het voorwerp op zich interesseerde haar totaal niet. Integendeel, ze wilde ervanaf.'
Vledder grinnikte.
'Ik zou ook niet weten wat ik met zo'n bronzen sarcofaag in huis zou moeten.'
De Cock zwaaide zijn opgestoken rechterwijsvinger heen en weer.
'Voor jou ligt dat ook totaal anders. Als de sarcofaag met de gestileerde ibis niet wordt opgespoord, incasseert Elisa van Oldekerke van de verzekering ruim twee miljoen. En dat is een hoop geld. Vermoedelijk veel meer dan zij in het normale handelsverkeer voor haar sarcofaag had kunnen krijgen.'
Vledder schudde zijn hoofd.
'Ik geloof niet,' sprak hij opstandig, 'dat Elisa van Oldekerke boosaardig is. Hoe wil je haar een motief voor moord toeschuiven?'
De Cock maakte een grimas.
'Dat is niet zo moeilijk.'
Vledder stak zijn kin uitdagend omhoog.
'Hoe?'
De Cock zuchtte omstandig. Hij wilde zijn jonge collega niet kwetsen.

'Stel,' opperde hij vriendelijk, 'dat antiquair Arthur van Wateringen, na het verblijdende telefoontje dat haar sarcofaag was gestolen, een poosje later terugbelt en zegt dat hij zich heeft vergist, dat hij verkeerd heeft gekeken en dat de sarcofaag nog steeds in zijn magazijn ligt.'
Vledder snoof.
'En dan?'
De Cock peilde de reactie van zijn jonge collega.
'Wil je het echt weten?'
'Natuurlijk.'
De Cock zuchtte opnieuw.
'Elisa van Oldekerke,' schetste hij voorzichtig, 'ziet plotseling de in het verschiet liggende miljoenen aan haar voorbijgaan. Ze komt razendsnel tot een plan. Na dat tweede telefoontje van de antiquair rijdt ze met haar oude eend naar de Oude Vensterstraat... ze kent het interieur van de winkel van vroegere bezoeken... en duwt in de kelder Arthur van Wateringen onverhoeds zeventien centimeter staal in zijn rug.'
Vledder luisterde gespannen.
'Verder?'
'Elisa van Oldekerke neemt haar kostbare, duur verzekerde sarcofaag uit het magazijn van de antiquair, rijdt terug, verbergt de sarcofaag en doet bij ons aangifte van diefstal.'
De ogen van Vledder schoten vuur.
'Je bent gek.'
De Cock ging onverstoorbaar verder.
'En als zij er nu verder voor zorgt dat de sarcofaag nooit meer boven water komt, int zij van de maatschappij waarbij de sarcofaag was verzekerd, ruim twee miljoen... en Elisa van Oldekerke is plots een rijke vrouw.'
Vledder keek hem kwaadaardig aan.
'Jij... eh, jij...' stotterde hij, 'jij bent niet menselijk meer. Een denkende automaat. Je hebt een verwrongen, ziekelijke geest. Hoe kun je zo'n lieve, onschuldige... '
De Cock onderbrak hem hoofdschuddend.
'Geen ziekelijke geest,' reageerde hij rustig. 'Niet verwrongen, niet onmenselijk. Maar een geest, gedurende een lange loopbaan bij de recherche, gepokt en gemazeld in de misdaad.'
Vledder zweeg. Nukkig. Een norse trek op zijn gezicht. De ge-

dachte dat de aantrekkelijke Elisa van Oldekerke iets met de moord op de antiquair uitstaande had, wilde niet tot zijn bewustzijn doordringen.
De Cock liet hem begaan. De oude rechercheur begreep iets van de gevoelens van zijn jonge collega. Als beginnend rechercheur was hij vaak door dezelfde emoties geplaagd. Mooie jonge vrouwen pleegden geen moord. De ervaring had hem pijnlijk geleerd dat die stelling in de praktijk niet standhield.
Hij boog zich voorover, maakte wat aantekeningen en overdacht welke mogelijkheden hij nog had om de moordenaar of moordenares van Arthur van Wateringen te ontmaskeren. Het scheen dat eenieder in deze zaak de behoefte had om een verkeerde voorstelling van zaken te geven. Waarom?
Vledder stoorde hem niet in zijn overpeinzingen. De jonge rechercheur staarde strak en onbeweeglijk voor zich uit. De gespannen stilte tussen de rechercheurs was intens en kreeg een extra dimensie door het geluid van een defecte tl-buis boven hun hoofd die zoemend aankondigde dat zijn levensduur eindigde. Buiten, in de Warmoesstraat, lalde een dronken sloeber een droevig lied over een verloren liefde.
Na een poosje kwam er beweging in Vledder. De jonge rechercheur boog zijn hoofd en zuchtte diep.
'Ik hoop,' sprak hij simpel, 'dat je inzake Elisa van Oldekerke ongelijk krijgt.'
De Cock schonk hem een milde glimlach.
'Ik ook.'
De rechercheurs keken elkaar even aan. De kleine dialoog had de spanning tussen hen verdreven. Vledder pakte een notitie van zijn bureau.
'Ik heb goed geluisterd,' begon hij, 'naar het verhaal van Pieter-Jan van Oldekerke over de vloek die op de bronzen sarcofaag zou rusten en de schennis van het graf van de jonge Egyptische farao Toetanchamon. Geloof jij in zo'n vervloeking?'
De Cock bracht even zijn linkerhand voor zijn mond en zocht naar een formulering.
'Als men gelooft,' sprak hij overwogen, 'dat een uitgesproken zegen heil brengt aan de gezegende, en vele gelovigen doen dat, dan is de consequentie, dat een uitsproken vervloeking onheil brengt.'

Vledder glimlachte.
'Dat is een diplomatiek antwoord.'
De Cock negeerde de opmerking.
'In oude Griekse tragedies speelt een uitgesproken vervloeking vaak een dramatische rol. Denk maar eens aan de vloek van Laios in de Oedipus van Sophocles. Antieke grafteksten eindigen vaak met vervloekingen tegen degenen die het zouden wagen het graf te schenden.'
Vledder glimlachte.
'Ik denk, omdat vroeger vaak grafschenkingen werden meegegeven en men rovers wilde weerhouden om het graf te schenden.'
De Cock knikte instemmend.
'Het was inderdaad een middel ter preventie. Zo moet men ook de vloek over het graf van de jonge Egyptische farao Toetanchamon zien.'
'Stierven Howard Carter, Lord Carnarvon en sommigen van hun helpers dan geen gewelddadige dood?'
De Cock knikte.
'Het is aantrekkelijk om dat aan de vloek van de farao's toe te schrijven, maar er zijn voor hun dood ook plausibele verklaringen te vinden.'
'Ik vind het toch griezelig.'
De Cock lachte.
'Het geloof in en de angst voor vervloekingen heeft lang onder de mensen geleefd en is nog niet geheel uit onze genen verdreven.'
De rechercheurs zwegen opnieuw. Elk verzonken in zijn gedachten.
Na een tijdje blikte Vledder opnieuw naar zijn notities.
'Wat zijn oesjebti's?' vroeg hij plotseling. 'Pieter-Jan van Oldekerke zei dat in het graf van Toetanchamon ook oesjebti's zijn gevonden.'
De Cock glimlachte.
'Oesjebti's zijn hetzelfde als ushabti's, de beeldjes waarover Helen van Haaksbergen mij een verslag deed en die haar zo biologeerden, dat zij contact zocht en vond bij Arthur van Wateringen.'
'Waarom die verschillende schrijfwijze?'

De Cock zuchtte.
'Omdat men in ons beroep alle facetten van een onderzoek moet kennen, ben ik er eens ingedoken en heb navraag gedaan bij enige experts. Men vindt voor dezelfde beeldjes ook wel de naam "ouchepti's". Die verschillende schrijfwijze voor dezelfde beeldjes komt door de hiërogliefen.'
Vledder keek hem verward aan.
'Dat begrijp ik niet.'
De Cock glimlachte.
'De Egyptische hiërogliefen vormen een pictografisch schrift... een beeldschrift. In tegenstelling tot ons fonetisch schrift, kent een pictografisch schrift geen klankkleur. Men kent door de hiërogliefen wel de betekenis van de beeldjes, maar weet niet hoe de beeldjes in de tijd van de farao's in het Egyptisch spraakgebruik werden aangeduid... vandaar de verschillen.'
Vledder kreukelde zijn notities ineen en wierp ze in de prullenbak.
'Ik heb soms het idee,' sprak hij met een zweem van bewondering, 'dat jij alles weet.'
De Cock schudde zijn hoofd.
'Niet alles. Alleen dat wat ik weten wil, wat ik inzake een onderzoek op dat moment belangrijk vind. Daar verdiep ik mij dan in. Zoveel als...'
De Cock stokte. Er werd bescheiden op de deur van de recherchekamer geklopt en Vledder riep: 'Binnen.'
De deur ging langzaam open en in de deuropening verscheen een keurig geklede heer in een lichtblauw kostuum en een wat opzichtige, veelkleurige stropdas. Hij nam een breedgerande witte hoed af, zwaaide daar buigend mee als een musketier en liep glimlachend op De Cock toe.
'Ik begin maar vast om mij aan u voor te stellen,' jubelde hij opgetogen. 'Etiquette. Ik heb begrepen dat u nogal op vormen bent gesteld. Mijn naam is Harfsen... Eduard Harfsen, antiquair en expert in Egyptische kunst.'
De Cock kwam uit zijn stoel omhoog.
'Ik ben... '
Eduard Harfsen onderbrak hem lachend.
'Met ceeooceekaa... dat is mij bekend.'
De oude rechercheur liet Eduard Harfsen op de stoel naast zijn

bureau plaatsnemen. De Cock ging weer zitten en keek de man onderzoekend aan. Hij schatte hem op achter in de veertig. Ondanks zijn jeugdige presentatie wellicht nog iets ouder.
Eduard Harfsen had glad achterovergekamd lichtblond haar met hier en daar wat zilverdraden tussen het goud. Hij had een iets geprononceerde neus en glinsterende donkerbruine ogen. Een vrolijke lach speelde om zijn brede mond.
'Collega-antiquair en vriend Adriaan Goederijke heeft mij uitdrukkelijk gewaarschuwd. Begin niet plompverloren vragen te stellen, zei hij. Daar houdt de grijze speurder niet van.'
De Cock krabde zich achter in zijn nek.
'Ik schijn een reputatie te hebben opgebouwd,' sprak hij gemelijk.
Eduard Harfsen knikte lachend.
'Een soms wat knorrige vakman.'
'Ik begrijp,' sprak De Cock, 'dat uw vriend en collega Adriaan Goederijke verslag heeft gedaan van zijn bezoek aan mij.'
De vrolijke lach verdween even van het gezicht van Eduard Harfsen.
'De dood van Arthur van Wateringen heeft ons diep geschokt,' sprak hij plechtig. 'Daarbij komt, dat Adriaan Goederijke zich uiterst bezorgd toont door de mysterieuze telefoontjes die hij ontving.'
De Cock knikte begrijpend.
'Bent u ook door dergelijke mysterieuze telefoontjes geplaagd?'
Eduard Harfsen schudde zijn hoofd.
'Gelukkig niet. Ik heb met deze affaire ook niets te maken.'
'Welke affaire?'
'De dood van Arthur van Wateringen,' reageerde Harfsen verrast.
De Cock veinsde onbegrip.
'Heeft Adriaan Goederijke dan wel iets met de dood van Arthur van Wateringen te maken?'
Harfsen verschoof iets op zijn stoel. Van de vrolijke opgewektheid waarmee hij het gesprek was begonnen, was niets meer te merken.
'Uiteraard niet. Maar de man die hem belde, schijnt daar een andere mening over te hebben.'

'Heeft Adriaan Goederijke u verteld wat de mysterieuze beller beweerde?'
Harfsen maakte een vermoeid gebaar.
'Adriaan Goederijke zou Arthur van Wateringen in de kelder van zijn antiquariaat hebben vermoord en uit zijn magazijn een kostbare sarcofaag hebben gestolen.'
'Weet u om wat voor een sarcofaag het gaat?'
'Een bronzen sarcofaag met een gestileerde ibis.'
'U kent dat voorwerp?'
Harfsen knikte.
'Arthur van Wateringen is met die bronzen sarcofaag bij mij thuis geweest.'
'Aan het Linnaeushof?'
'Ja.'
'Wanneer?'
'De dag dat hij werd vermoord.'
'Waarom?'
'Wat bedoelt u?'
De Cock toonde enig ongeduld.
'Waarom kwam Arthur van Wateringen met de bronzen sarcofaag bij u?'
Harfsen spreidde zijn handen.
'Om een vriendschappelijk advies. Arthur had de sarcofaag van een jonge vrouw gekregen voor een prijsbepaling. Ze wilde met het ding naar een veiling. Arthur had zelf wel interesse en vroeg zich af wat hij de jonge vrouw zou bieden.'
De Cock veranderde plotseling van onderwerp.
'Weet u wat met "het vierspan" wordt bedoeld?'
'Ja.'
'Bent u lid van het vierspan?'
Harfsen glimlachte.
'Dat schijnt u te interesseren. U hebt diezelfde vraag ook aan Adriaan Goederijke gesteld.'
'Inderdaad.'
Harfsen schudde zijn hoofd.
'Er is geen sprake van een lidmaatschap. Wij vormden geen soort geheim genootschap met min of meer duistere praktijken. Arthur van Wateringen, Adriaan Goederijke, Louis Bovenkerk en ik zijn... eh, waren vrienden... vrienden en vakbroeders. Als

vakbroeders beconcurreerden wij elkaar, als vrienden boden wij elkaar de helpende hand.'
'Heeft de dood van Arthur van Wateringen daar iets aan veranderd?'
Harfsen grinnikte.
'We hebben alleen een man minder.'
De Cock boog zich iets naar hem toe.
'U geldt... en dat zegt u ook zelf... als een expert op het gebied van Oud-Egyptische kunst. Wat vond u van de bronzen sarcofaag waarmee Arthur van Wateringen op de proppen kwam?'
Harfsen tuitte zijn lippen.
'Een authentiek, goed bewaard en vrijwel onbeschadigd kunstwerk.'
'Waardevol?'
'Uiterst waardevol.'
De Cock hield zijn hoofd iets scheef.
'Is het verwerven van zo'n kostbaar antiek voorwerp een motief voor moord?'
'Dat kan ik niet beoordelen. Wat is een moord waard? Dat is úw metier.'
De Cock negeerde de opmerking.
'Wat adviseerde u Arthur van Wateringen om de jonge vrouw voor de bronzen sarcofaag te bieden?'
'Tienduizend gulden.'
De Cock schoof met een ruk naar voren.
'Hoeveel?'
Harfsen weifelde even.
'Tienduizend gulden.'
De Cock keek Harfsen ongelovig aan.
'De sarcofaag was voor ruim twee miljoen verzekerd.'

8

Vledder grijnsde breed.
'Eduard Harfsen,' riep hij ongelovig. 'Is die man een expert?'
De Cock knikte onbewogen.
'Daar gaat hij voor door... expert op het gebied van Oud-Egyptische kunst.'
'Dat klopt toch niet?' sprak Vledder hoofdschuddend. 'De maatschappij die de bronzen sarcofaag heeft verzekerd, is toch niet gek? Die stellen toch geen bedrag van ruim twee miljoen vast voor een object dat slechts tienduizend gulden waard is?'
'Ik weet niet,' antwoordde De Cock, 'welke overwegingen de verzekeringsmaatschappij destijds heeft gemaakt. Maar je hebt het gehoord... Harfsen vond een bedrag van ruim twee miljoen gewoon absurd. Hij bleef erbij dat hij aan zijn collega en vooral goede vriend Arthur van Wateringen een juist advies had gegeven... een advies naar eer en geweten.'
'Wat,' vroeg Vledder spottend, 'is de eer en het geweten van een antiquair?'
'Ik heb mij nooit,' antwoordde De Cock vrolijk, 'met groepsethiek beziggehouden. Er zullen ongetwijfeld goede en slechte antiquairs zijn.'
Vledder staarde een tijdje voor zich uit. Een dwarse denkrimpel in zijn voorhoofd.
'Zou... eh,' vroeg hij weifelend, 'zou Elisa van Oldekerke van dat advies van Harfsen hebben geweten?'
De Cock keek hem fronsend aan.
'Ik... eh, ik dacht dat de mooie Elisa van Oldekerke voor jou als een betrokkene bij moord onbespreekbaar was?'
Vledder beet op zijn onderlip.
'Ik ben realist.'
'En dat betekent?'
Vledder gebaarde in zijn richting.
'Als Arthur van Wateringen Elisa van Oldekerke heeft verteld dat hij voor de sarcofaag niet meer dan tienduizend gulden wilde geven... onder toevoeging dat hem bij informatie is gebleken dat tienduizend gulden een billijk bod was... dan kon Elisa met de gedachte aan ruim twee miljoen best in de verleiding zijn gekomen.'

De Cock knikte instemmend.
'En op pad zijn gegaan om haar eigen sarcofaag te stelen?'
'Dat bedoel ik. Met moord als een niet-bedoelde bijkomstigheid.'
'Dat is inderdaad heel goed denkbaar. Het spijt me om dat te moeten zeggen. Maar die mogelijkheid heb ik al eerder overwogen.'
'Als er geld in het spel is,' vervolgde Vledder zijn betoog, 'is er op het gedrag van mensen geen peil meer te trekken. Geld maakt de mensen gek, misdadig, onbetrouwbaar. Vooral als het veel is.'
De Cock leunde in zijn stoel achterover.
'Er bestaat een onuitroeibare gedachte,' verzuchtte hij, 'dat geld geluk brengt.'
Vledder keek hem schattend aan.
'Niet dus?'
De Cock schudde zijn hoofd.
'Het is een leugen... een leugen door exploitanten van loterijen en kansspelen in stand gehouden. De meeste rijken op aarde leiden een ongelukkig leven en ervaren hun rijkdom als een last.'
Vledder glimlachte.
'Als ze van die last bevrijd willen worden?' sprak hij jolig. 'Ik heb een armetierige bankrekening.'
De Cock keek naar hem op.
'Jij zou echt rijk willen zijn?' vroeg hij met een zweem van ongeloof.
Vledder knikte nadrukkelijk.
'Het lijkt mij enig. Ik kan wel een paar leuke dingen bedenken, dingen waar ik nu niet aan toe kom: een mooi huis, een snelle auto, een cruise.'
De jonge rechercheur raakte opgewonden.
'Ik zou vrijwillige giften van die zo zielig belaste rijken accepteren zonder naar de herkomst te vragen. Pecunia non olet.'
De Cock knikte traag voor zich uit.
'Het is waar, geld stinkt niet. En volgens een Oudhollands spreekwoord kan men voor geld zelfs de duivel laten dansen.'
Hij spreidde zijn handen boven zijn hoofd.
'Maar wie heeft behoefte aan een dansende duivel?'
Vledder glimlachte.

'Hoe je het ook wendt of keert, het is toch wel makkelijk als je ruim bij kas bent. Je behoeft je geen zorgen te maken over bepaalde uitgaven. En geld opent alle deuren.'
'Alle deuren... behalve de hemelpoort. Daar heeft het rammelen met een buidel geld geen zin meer. Volgens mijn informatie is de gebaarde Petrus, de hemelse bewaker van die poort, beslist onomkoopbaar.'
Vledder keek hem spottend aan.
'Dat weet je zeker?'
'Absoluut.'
Vledder boog zich iets naar voren.
'Waarom willen alle mensen rijk zijn?'
De Cock schudde zijn hoofd.
'Niet alle mensen... alleen de armen verlangen naar rijkdom. De rijken weten inmiddels dat rijkdom geen geluk brengt. In de bijbel staat een klein, bijna laconiek zinnetje: "Ook-de-rijke-stierf-en-werd-begraven." Treffender kan men de betrekkelijkheid van rijkdom niet tot uitdrukking brengen.'
Vledder keek hem aan.
'Je bent cynisch vanavond.'
De Cock knikte.
'In zaak van de vermoorde Arthur van Wateringen,' sprak hij somber peinzend, 'speelt de factor geld naar mijn gevoel een te overheersende rol. Daar word ik niet vrolijk van.'
De oude rechercheur kwam uit zijn stoel omhoog en slenterde naar de kapstok.
'Waar ga je heen?'
De Cock draaide zich half om. Om zijn lippen dartelde een glimlach.
'Ik word plotseling bevangen door hevige goudkoorts.'
'Goudkoorts?'
De Cock knikte.
'Mijn dorstige keel snakt naar het vloeibare goud van een cognackie.'
Vledder keek hem opgetogen aan.
'Het café van Smalle Lowietje.'
De Cock en Vledder slenterden zij aan zij vanuit het politiebureau door de Warmoesstraat naar de Lange Niezel.
Het was warm en drukkend. De hitte van de dag hing nog tussen

de gevels van de smalle straat en kleefde aan het asfalt. Loom trokken de rechercheurs verder via de Korte Niezel naar de Achterburgwal.
De Cock blikte verwonderd om zich heen. Het was voor het late avonduur ongewoon stil op de Wallen. Aanlokkelijk uitgedoste hoertjes zaten verveeld in hun zachtroze etalages. De al wat belegen prostituees hadden een breiwerkje op schoot en namen niet eens de moeite om de aandacht op zich te vestigen. De vraag was te gering en het aanbod groot.
De oude rechercheur blikte opzij.
'Drukt hitte de potentie?' vroeg hij verrast.
Vledder lachte.
'Geen flauw idee.'
De Cock gebaarde om zich heen.
'Het moet toch van invloed zijn? Anders bleven de hoerenkerels niet weg.'
Vledder schudde zijn hoofd.
'Ik geloof niet dat onze hittegolf iets met verlaagde potentie heeft te maken. Volgens de statistieken worden er in tropische landen meer kinderen geboren dan in koudere streken.'
De Cock liet het onderwerp rusten. Beleefd lichtte hij zijn oude hoedje voor bekende hoertjes, die vrolijk naar hem wuifden.
Op de hoek van de Achterburgwal en de Barndesteeg schoven de rechercheurs het etablissement van Smalle Lowietje binnen. Het was er intiem, schemerig en aangenaam koel.
Lowietje, wegens zijn geringe borstomvang in penozekringen steevast Smalle Lowietje genoemd, veegde zijn handjes langs zijn morsig vest en begroette de rechercheurs hartelijk. Zijn vriendelijk muizensmoeltje glom van pure genegenheid.
'Een tijd niet gezien,' kirde hij. 'Dat is zeker veertien dagen geleden dat jullie voor het laatst bij mij waren. Konden jullie de weg naar mijn etablissement nog wel vinden?'
De Cock knikte.
'We gingen op de lucht af.'
Smalle Lowietje glimlachte.
'Zeker druk bij jullie aan de kit?'
De Cock hees zich moeizaam op een kruk.
'Zolang de misdaad loont,' sprak hij somber, 'kennen wij geen malaise.'

'En... loont de misdaad?'
De Cock maakte een grimas.
'Als nooit tevoren. Geen bedrijfstak is de laatste jaren zo winstgevend.'
Smalle Lowietje lachte.
'Gelukkig dat er zoveel werk is. Anders hadden ze jou allang in de VUT geduwd.'
'Dat heet,' reageerde De Cock nukkig, 'bij ons heel plechtig Ef-El-O, Functioneel Leeftijds Ontslag. En daar ben ik naar mijn gevoel nog niet aan toe.'
Smalle Lowietje grinnikte.
'Ik denk dat ze jou alleen nog met grof geweld uit de Amsterdamse politie kunnen verwijderen.'
'Grof geweld is niet nodig,' grinnikte De Cock. 'Een gouden handdruk is voldoende.'
Vledder keek hem van terzijde verbaasd aan.
'Ik dacht dat jij om geld niets gaf?'
De tengere caféhouder strekte zijn rechterwijsvinger naar de Cock uit.
'Hetzelfde recept?'
Zonder op antwoord te wachten, dook hij aalglad onder de tapkast en kwam weer te voorschijn met een fles verrukkelijke Franse cognac Napoleon, die hij met een gebaar van intense voldaanheid voor zich op de bar zette. Zijn vingertjes streelden de hals.
'Het zal mijn ultieme streven zijn,' sprak hij plechtig, 'om tot in lengte van dagen zo'n heerlijke fles voor jou in voorraad te hebben.'
Zijn stem trilde van toewijding.
De Cock keek naar hem op.
'Lowie,' sprak hij plechtig, 'je ontroert me.'
In een reeks routinegebaren zette de caféhouder drie diepbolle glazen op de bar en schonk klokkend in.
De Cock keek ernaar en genoot. Hij vertoefde graag in het café van Smalle Lowietje, een man die hij om zijn deugden, maar misschien meer nog om zijn ondeugden, als zijn vriend beschouwde.
Toen de caféhouder zijn ceremonie had voltooid, nam de grijze speurder het bolle glas op en warmde de cognac schommelend

in de kom van zijn hand. Met gesloten ogen snoof hij de prikkelende geur en liet, met op zijn grof gezicht een expressie van opperste verrukking, het gouden vocht door zijn keel glijden.
'Dit nu,' oreerde hij, 'zijn voor een dorstige ziel lavende momenten.'
Lowietje glunderde.
'De Cock,' sprak hij prijzend, 'je bent een dichter... een poëet.'
De oude rechercheur negeerde de lof. Hij zette zijn glas neer, draaide zich op zijn kruk om en keek om zich heen. 'Waar is iedereen?' riep hij verwonderd. 'Ik heb het bij jou nog nooit zo stil gezien.'
De tengere caféhouder spreidde zijn handjes.
'Tijdens deze hittegolf begint iedereen hier in de buurt al vroeg aan de pils. Voor de verkoeling. Tegen de avond zijn ze zat, te verzadigd om nog een poot buitenshuis te zetten.'
'Slecht voor de business.'
Smalle Lowietje knikte.
'Het wordt voor de meiden op de Wallen tijd dat het ouwe wijven regent. Misschien krijgen de kerels er dan weer zin in.'
De caféhouder gebaarde om zich heen.
'Het maakt voor mij niet veel uit,' sprak hij achteloos. 'Ik had hier vanmiddag al een volle bak. Genoeg omzet voor de hele dag.' Hij wees naar het lege glas van De Cock. 'Nog eens inschenken?'
De oude rechercheur knikte. Toen Smalle Lowietje zijn glas had gevuld, boog De Cock zich vertrouwelijk naar hem toe.
'Als jij,' opende hij vriendelijk, 'vroeger, laat ik zeggen in je woelige jaren, een of ander kunstwerk had gejat, waar ging je er dan mee heen?'
Smalle Lowietje keek hem even aan en schudde toen zijn hoofd.
'Het valt me van jou tegen,' sprak hij verwijtend. 'Jouw vraagstelling deugt niet. Ik heb nooit kunstwerken gejat. Ze kwamen wel eens op mijn pad.'
De Cock lachte.
'Als er wel eens een kunstwerk op jouw pad kwam?' verbeterde hij.
'Ja?'
'Aan welke heler bood je dat aan?'
Smalle Lowietje schudde opnieuw zijn hoofd.

'Jij gebruikt in dergelijke zaken altijd van die zware woorden,' reageerde hij wrevelig. 'Ik ging niet naar een heler, maar naar een man die een kunstwerk van mij kocht, zonder vragen te stellen.'
De Cock bekeek hem van over het randje van zijn glas.
'En dat was geen heler?'
'Nee.'
'Wat dan?'
Smalle Lowietje antwoordde niet direct.
'Vrijwel alle kunstminnaars,' ging hij docerend verder, 'kopen kunst zonder vragen te stellen. Waar denk je dat die vele, uit oude kastelen, musea en kerken ontvreemde schilderijen, beelden en andere kunstwerken blijven? Zelfs beroemde antieke werken, waarvan eenieder de afbeeldingen of omschrijvingen kent, komen nooit meer boven water... verdwijnen geruisloos in een privé-verzameling.'
'Dat weet ik,' sprak De Cock sussend. 'Ik ken de problematiek. De lijst van vermiste beroemde kunstwerken is gigantisch lang. Ik vroeg je alleen aan wie jij de kunstwerken die, zoals jij dat noemt, toevallig op jouw pad kwamen, verkocht...'
Smalle Lowietje zuchtte.
'Er was een vent op het Linnaeushof.'
De Cock kneep zijn ogen half dicht.
'Eduard Harfsen?'
'Je kent u hem?'
De Cock knikte.
'Sinds kort.'

Met de opwekkende gloed van twee cognackies in hun aderen liepen de beide rechercheurs over de walletjes terug naar de kit. Het was er aanmerkelijk drukker dan een uurtje tevoren. De bevrijdende avondkoelte bracht eindelijk het koor van behoeftige mannen op de been. De vele toegeschoven gordijnen duidden op hoertjes in vol bedrijf en bij Sheila, een exotische schoonheid uit Somalië, stonden mannen in de rij.
Vledder blikte opzij.
'Geen beste, die Eduard Harfsen.'
De Cock trok zijn schouders iets op.
'Smalle Lowietje heeft gelijk. In de kunsthandel gelden ruime normen. De begeerte van kunstminnaars kent nauwelijks grenzen.'

Vledder klakte met zijn tong.
'Handel in kunst, curiositeiten, antiek. Het lijkt mij zo'n schemerig wereldje.'
De jonge rechercheur bleef plotseling midden op straat staan.
'Gesteld,' begon hij met een strakke mond, 'dat Arthur van Wateringen iemand kende, iemand met... hoe noemde jij dat ook weer?' de begeerte van een ware kunstminnaar, die op zoek was naar een bronzen sarcofaag met een gestileerde kromsnavelige ibis... '
De Cock liep door.
Vledder sprintte achter hem aan en hield hem bij zijn schouder vast.
'Je moet naar me luisteren,' riep hij kwaad.
De Cock schudde zijn hoofd. De dartele accolades rond zijn mond stonden strak.
'Ik heb de laatste dagen genoeg theorieën gehoord,' sprak hij afwijzend. 'Dat brengt ons geen steek verder. Morgen beginnen we opnieuw. We nemen eerst Elisa van Oldekerke onder vuur, daarna Helen van Haaksbergen, de jeugdige weduwe van de vermoorde, en dan haar ex-man Iwan Terborch. Het wordt tijd dat het stel een paar kromme lijnen in hun verklaringen rechttrekt.'
Vledder liep mokkend naast hem voort.
Met een glans van verrukking stak De Cock zijn open hand naar voren.
'Het regent,' riep hij blij. Hij blikte opzij. 'Dick, het regent.'
Vledder reageerde niet.
Toen ze hal van het politiebureau binnenstapten, wenkte Jan Kusters hen met een kromme vinger.
De Cock monsterde het gezicht van de wachtcommandant.
Hij liep behoedzaam op hem toe.
'Is er wat?' vroeg hij gespannen.
Jan Kusters knikte. Hij pakte een notitie van zijn bureau.
'Ik kreeg net het bericht binnen... nog geen paar minuten geleden. Ik heb er al een paar jongens heen gestuurd. In een kraakpand aan de Marnixstraat heeft een junk een lijk gevonden... het lijk van een man.'
'Vermoord?'
De wachtcommandant boog zijn hoofd.
'Een stiletto in zijn rug.'

9

Vledder startte de motor, deed de ruitenwissers aan en ranselde de oude Golf vanaf de steiger en de Oudebrugsteeg rechts het Damrak op. Het was donker. Felkleurige lichtreclames weerspiegelden grillig in het natte asfalt. De jonge rechercheur had geen oog voor het kleurenspel. Met een verbeten trek op zijn gezicht staarde hij door de voorruit en nam bij de kruising naar de Prins Hendrikkade zoveel risico's, dat hij op een haar na een taxi in de flank raakte.

De Cock keek hem van terzijde aan.

'Dood is dood,' sprak hij sussend. 'En dood is onomkeerbaar. Die paar minuten die jij denkt te winnen, dienen geen enkel nut.'

Vledder kneep zijn lippen op elkaar.

'Misschien is de moordenaar er nog.'

De Cock lachte.

'Die zit niet op ons te wachten.'

Vledder minderde vaart.

'Weet jij waar het is?'

De Cock knikte.

'Ik heb dat kraakpand gezien. Het is pal bij die sportschool waar ik vanmiddag op bezoek was.'

Vledder fronste zijn wenkbrauwen.

'Waar... eh, waar David van Wateringen en Iwan Terborch elkaar regelmatig treffen?'

'Precies.'

'Toeval?'

De Cock antwoordde niet. Om de hypnotiserende kracht van de zwiepende ruitenwissers te ontgaan, liet hij zich ver onderuitzakken en schoof de rand van zijn hoedje tot op de rug van zijn neus. Na een poosje drukte hij zich omhoog en blikte verwonderd om zich heen.

'Hoe ga je naar de Marnixstraat?' vroeg hij niet-begrijpend. 'Via Tietjerksteradeel en Zierikzee? Je had beter de Raadhuisstraat en de Rozengracht kunnen nemen. Dit rijdt om.'

Vledder bromde.

'Ik dacht aan Westerdoksdijk, Van Diemenstraat, Houtmankade, Haarlemmerplein.'

De Cock grinnikte.
'Mijl op zeven.'
Toen ze langs de Haarlemmerpoort de Marnixstraat opreden, troffen ze rechts, nabij de Rotterdammerbrug een politiewagen met zwaailicht. Vledder bracht de Golf er pal achter tot stilstand. De rechercheurs stapten uit. Vanaf de politiewagen liep een jonge diender op De Cock toe, tikte ter begroeting met de wijsvinger van zijn rechterhand aan de klep van zijn pet en wees langs de gevel omhoog.
'Mijn collega Jan Rozenbrand is boven bij het lijk. Het is op de eerste verdieping links. Ik heb de meute al voor u gewaarschuwd.'
De Cock knikte goedkeurend. Hij keek naar een man die op de achterbank van de politiewagen zat.
'Wie is dat?'
De politieman duimde over zijn schouder.
'De junk die het lijk heeft ontdekt. Ik heb hem zolang op de achterbank gezet. Dan kunt u straks nog even met hem praten.'
'Heb je hem gefouilleerd... is hij geboeid?'
De diender keek hem verrast aan.
'Moet dat? Die junk is toch nog geen verdachte? Hij heeft zelfs de moeite genomen om ons via een café op het Haarlemmerplein te waarschuwen.'
De Cock schudde afkeurend zijn hoofd.
'Wees altijd voorzichtig. Als zo'n junk wat bij zich heeft wat hij kwijt wil, dan verstopt hij het tussen de kussens van jouw wagen. Bewijs jij dan later maar eens dat het van hem is.'
'Daar heb ik niet aan gedacht.'
De Cock negeerde de opmerking. Hij gebaarde in de richting van de politiewagen.
'En als straks,' ging hij vermanend verder, 'via de mobilofoon een oproep komt en jij gaat op de voorbank zitten om te antwoorden, duwt hij misschien... om wat voor reden dan ook... een mes in je rug en hebben jouw kinderen geen vader meer.'
De Cock draaide zich om, pakte zijn zaklantaarn en ging het kraakpand binnen.
Vledder volgde.
De jonge diender keek beiden beteuterd na.
Het was aardedonker in het kraakpand. Vanuit ramen zonder glas drong slechts weinig licht naar binnen. Tevergeefs zocht

de rechterhand van De Cock op de trap naar leuningen. Die waren er niet. Voorzichtig, de treden belicht door zijn zaklantaarn, ging de oude rechercheur verder de trap op.
Boven, op het portaal van de eerste verdieping, wachtte de ervaren Jan Rozenbrand. Hij reikte hem helpend de hand en begroette de oude rechercheur hartelijk.
'Ik ben blij dat jij dienst hebt.'
'Waarom?'
Jan Rozenbrand grinnikte.
'Er zijn rechercheurs met kapsones.' De diender wees voor zich uit. 'Het is een beetje vreemd,' ging hij zonder enige uitleg verder. 'Die dooie vent hoort hier helemaal niet thuis.'
De Cock keek naar hem op.
'Hoe bedoel je?'
'Een keurige heer in een onberispelijk driedelig grijsflanellen kostuum is toch wel het laatste wat je hier in zo'n goor kraakpand zou verwachten.'
De diender ging de rechercheurs voor naar een klein vertrek links van het portaal. Het stonk er naar menselijke uitwerpselen en opgedroogde urine. In de duistere hoeken van het kamertje lagen bergen vodden als slaapplaats. Jan Rozenbrand liet het licht van zijn zaklantaarn over de dode man glijden. Hij lag op zijn buik, zijn benen iets uit elkaar, zijn beide armen naar voren gestrekt, eindigend in licht geklauwde handen. Het heft van een stiletto stak uit zijn rug omhoog.
Jan Rozenbrand boog zich iets voorover.
'Kijk, zijn broekzakken zijn binnenstebuiten gekeerd. Iemand heeft het lijk doorzocht.'
De Cock knikte instemmend. Hij liet het licht van zijn eigen zaklantaarn rond om het lijk dwalen. Rechts, ongeveer een halve meter vanaf de kruin van het slachtoffer stond een klein gekleurd beeldje met gekruiste armen. De oude rechercheur hield het in het licht van zijn zaklantaarn gevangen. Hij draaide zich half om naar Vledder.
'Een oesjebti,' lispelde hij zacht, 'een heuse oesjebti.'
'Weet je dat zeker?'
De Cock knikte nadrukkelijk.
'Absoluut. Ik kan mij niet vergissen. Ik heb er gisteravond afbeeldingen van gezien in mijn encyclopedie.'

Vledder ademde diep.
'Wie heeft dat beeldje hier neergezet?' vroeg hij gesmoord. 'De moordenaar?'
De Cock antwoordde niet. Hij hurkte bij de dode neer. Het gezicht van de man steunde op zijn neus en voorhoofd. De oude rechercheur hield de rug van zijn hand tegen de linkerwang. Daarna schoof hij het gelaat van de dode man naar het licht van de zaklantaarn van Jan Rozenbrand.
Vledder hijgde in zijn nek.
'Adriaan Goederijke.'
De Cock knikte.
'Al enkele uren zo dood als een pier.'

Ben Kreuger kwam het donkere kamertje binnen. Een aluminiumkoffertje bungelde aan zijn rechterarm. De dactyloscoop trok zijn neus op en snoof.
'Het stinkt hier.'
De Cock glimlachte.
'Jouw reukorgaan werkt nog perfect.'
'Heeft hier iemand zitten schijten?'
'In een kraakpand werken de wc's niet,' sprak De Cock. 'En ook junks moeten wel eens uit de broek.'
Ben Kreuger blikte om zich heen.
'Er is hier voor mij niets te kwasten,' stelde hij knorrig vast. 'Alles vuil en vet, geen greepje, geen vingerafdruk te vinden. Weet je al wie hij is?'
De Cock knikte.
'Adriaan Goederijke. Een antiquair.'
'Heb je vingers van hem nodig?'
De Cock schudde zijn hoofd.
'Nu niet. Doe het morgen maar in het sectielokaal op Westgaarde. Voor alle zekerheid. Er wordt nog wel eens met identiteit geknoeid.'
'Het komt in orde.'
De oude rechercheur weifelde even.
'Waar is de fotograaf?'
Ben Kreuger liep het kamertje af. 'Die komt zo,' riep hij omkijkend. 'Hij had ergens nog een klusje.'
De Cock wuifde tot afscheid.

Kort daarna verscheen dokter Den Koninghe ter plekke. Achter hem doemden twee levensgrote broeders van de geneeskundige dienst met hun brancard op. De kleine lijkschouwer werkte de schouw op zijn gebruikelijke manier af. Kalm, professioneel.
'Hij is dood,' stelde hij vast.
De Cock knikte.
'Ik denk al enkele uren.'
Dokter Den Koninghe duwde zijn pochet wat verder terug in de borstzak van zijn jacquet.
'Volgens mij heb jij geen lijkschouwer meer nodig.'
De Cock knipoogde.
'Ik zou je missen.'
Voordat dokter Den Koninghe het vertrek verliet, keek de kleine lijkschouwer nog even naar hem op.
'Het wordt tijd,' sprak hij grijnzend, 'dat je die tennisspeler pakt voor hij zijn sterke arm met een stiletto opnieuw gebruikt.'
De Cock hoorde de aanmaning gelaten aan en knikte.
'Ik doe mijn best,' reageerde hij simpel. Daarna sjokte hij naar de beide broeders van de geneeskundige dienst en verzocht hen vriendelijk om nog even met hun brancard te wachten.
Bram van Wielingen kwam bijna een half uur te laat. De fotograaf verontschuldigde zich in alle toonaarden. Gehaast pakte hij zijn Hasselblad en flitste in het dode gezicht. Plotseling liet hij zijn camera zakken.
'Alweer zo'n beeldje.'
De Cock keek hem verrast aan.
'Alweer?'
Bram van Wielingen knikte.
'Bij het lijk in de Oude Vensterstraat stond ook zo'n beeldje.'
De Cock trok rimpels in zijn voorhoofd.
'Exact hetzelfde?'
'Absoluut.'
De Cock schudde zijn hoofd.
'Heb ik niet gezien,' reageerde hij onthutst.
'Het was niet zo nadrukkelijk aanwezig als nu. Ik ontdekte het beeldje toen ik op het hoofdbureau na het ontwikkelen de foto's uitvergrootte. Het stond pal bij het lijk, maar in die smalle kelder dicht tegen de schappen bij een reeks andere antieke voorwerpen. Daardoor viel het niet zo op.'

De Cock maakte een verontschuldigend gebaar.
'Ik heb de foto's van de Oude Vensterstraat nog niet zo goed bekeken.'
'Zou ik maar eens doen.'
De Cock schudde ontdaan zijn hoofd.
'Ik begrijp niet dat het mij is ontgaan. Het zijn oesjebti's. Farao's en andere vooraanstaande lieden in het oude Egypte kregen die beeldjes mee in hun graf om werk voor hen te doen.'
'Werk?'
De Cock knikte.
'Werkzaamheden die de goden, meestal de god Osiris, van de gestorvenen verlangden. Op magische wijze gaven de doden die opdrachten aan de oesjebti's door.'
Bram van Wielingen gebaarde naar de dode man op de vloer.
'Had hij in het hiernamaals ook zo'n... eh, zo'n oesjebti nodig?'
De Cock trok zijn gezicht strak.
'Misschien dacht de moordenaar dat hij zo'n hulpje na de dood wel kon gebruiken.'

Bram van Wielingen werkte dit keer uiterst zorgvuldig. Hij fotografeerde elk detail van het kamertje en het slachtoffer. Het leek alsof hij ten opzichte van De Cock iets had goed te maken. De oude rechercheur onderdrukte zijn verwondering en Bram van Wielingen gaf geen uitleg.
Toen hij eindelijk met zijn koffertje met camera's was vertrokken, wenkte De Cock de broeders van de geneeskundige dienst naderbij. Ze legden het slachtoffer met zijn buik op de brancard en drapeerden een laken om hem heen. Het uitstekende heft van de stiletto op zijn rug vormde een tentje. Ze sjorden niet alle canvasflappen van de brancard vast, zodat het tentje bleef.
Zacht wiegend droegen de broeders het slachtoffer over de trap naar de straat en schoven de brancard in de ambulancewagen. Ze klapten de deuren dicht en reden weg.
Met gemengde gevoelens keek De Cock de wagen na tot het rode achterlicht in de avondnevel oploste.
Wat bruusk draaide de oude rechercheur zich om. Met Jan Rozenbrand en Vledder in zijn kielzog sjokte hij naar de politiewagen.
'Haal die vent eruit,' verzocht hij bits.

De jonge diender haastte zich om aan zijn verzoek te voldoen.
De junk bleek een lange slungelachtige jongen met holle, fletse ogen en vlashaartjes op een bleek gezicht. Hij droeg een goor, vervuild spijkerpak met doorgesleten knieën. Naar het gevoel van De Cock was hij nog geen twintig jaar oud.
De oude rechercheur keek hem onderzoekend aan.
'Verslaafd?' vroeg hij strak.
De jongeman knikte.
'Wat?'
'Heroïne, coke... en verder alles wat ik maar krijgen kan.'
'Hoelang al?'
'Jaren. Vanaf de havo.'
'Hoe heet je?'
'Marijn... Marijn van Slooten.'
'Heb je een strafblad?'
'Ja.'
'Lang?'
Er gleed een lichte grijns over het magere gezicht van Marijn van Slooten.
'Nogal.'
De Cock zuchtte diep.
'Ik arresteer je voor moord, casu quo diefstal.'
De jongeman keek hem verbijsterd aan. Zijn gezicht verstarde.
'Moord?'
De Cock knikte gelaten.
'Moord.'
Marijn van Slooten schudde zijn hoofd.
'Ik heb hem niet vermoord.' Hij gilde. 'Ik heb hem niet vermoord. Ik niet.'
Zijn hoge stem snerpte door de straat.
De Cock keek hem onbewogen aan.
'Ik ben van dat gegil van jou niet onder de indruk,' sprak hij kalm. Hij strekte zijn rechterhand open naar hem uit.
'Ik wil de spulletjes die je uit zijn zakken hebt gehaald...'
Marijn van Slooten scheen even in twijfel. Daarna draaide hij zijn gezicht naar de politiewagen.
'Tussen de kussens.'
De jonge diender dook naar de achterbank en kwam terug met een portefeuille, een portemonnee en een notitie.

De Cock nam ze over en hield ze voor het gezicht van de junk omhoog.
'Waarom?'
Over het gezicht van Marijn van Slooten gleed een grijns. Aarzelend ging z'n rechterarm omhoog naar de gevel van het kraakpand.
'Hij... eh, hij had het niet meer nodig.'

'Wat stond er op die notitie?'
De Cock trok een lade van zijn bureau open en nam daaruit een verkreukeld blocnotevelletje.
'Kraakpand Marnixstraat,' las hij hardop, 'bij de Rotterdammerbrug.'
'Handschrift van Adriaan Goederijke?'
De Cock knikte traag.
'Dat neem ik aan. We moeten dat uiteraard nog even verifiëren.'
Vledder zuchtte.
'Iemand heeft hem naar dat kraakpand gelokt.'
De Cock gromde.
'En het lokaas was zo aanlokkelijk,' reageerde hij somber, 'dat Adriaan Goederijke heeft gemeend aan de lokroep gehoor te moeten geven.'
Vledder zuchtte opnieuw.
'De vraag is: wat was het lokaas en van wie was de lokroep?'
'Precies.'
Vledder gebaarde naar de vloer.
'Je hebt Marijn van Slooten beneden aan de balie voor moord laten insluiten.'
'Moord en diefstal.'
'Denk je werkelijk dat die Marijn van Slooten antiquair Goederijke heeft vermoord?'
De Cock schudde zijn hoofd.
'Die jongen zou met zijn slappe lijf nog geen mes in een pakje boter kunnen duwen. Maar die diefstal is natuurlijk wezenlijk. Hij heeft de zakken van die dode man leeggeroofd. Ik heb de aanklacht "moord" laten staan, om hem voorlopig onder druk te houden. Misschien heeft hij meer gezien dan hij ons tot nu heeft willen vertellen.'

'Hoe bedoel je?'
'Die jongen leeft in dat kraakpand. Het is heel goed mogelijk dat hij getuige is geweest van die moord. Misschien heeft hij de antiquair zien komen, opgewacht door zijn moordenaar.'
Vledder keek hem verrast aan.
'Dat had hij ons toch kunnen vertellen?'
De Cock grijnsde.
'Misschien komt hem dat niet zo goed uit.'
'Hoezo?'
'Als Marijn van Slooten inderdaad getuige is geweest van de moord en de moordenaar kent, dan heeft hij een fraai object voor chantage. Dat voordeeltje vervalt als hij ons de waarheid vertelt.'
Vledder keek zijn oude collega aan. In zijn ogen glansde de twijfel.
'Zou Marijn van Slooten in staat zijn om zo geraffineerd te denken?'
De Cock knikte.
'Als het op scoren aankomt, zijn junks vaak zeer inventief. Ik heb daar in het verleden wel staaltjes van meegemaakt.'
De telefoon op het bureau van De Cock rinkelde. Vledder reikte naar voren en pakte de hoorn op. Hij luisterde even en hield toen zijn hand voor het spreekgedeelte.
'Jan Kusters beneden. Marijn van Slooten heeft in zijn cel aan de wachtcommandant te kennen gegeven met je te willen praten.'
De Cock gebaarde voor zich uit.
'Ga hem maar halen.'

Marijn van Slooten schoof onrustig op zijn stoel heen en weer. Zijn gezicht zag wasbleek en zweetdruppels parelden op zijn voorhoofd.
'Ik wil een dokter.'
De Cock keek hem strak aan.
'Je wilde met mij praten.'
Marijn van Slooten knikte.
'Ik heb die vent niet vermoord.'
De Cock glimlachte.
'Dat heb ik al van je gehoord.'

'Hij was al dood toen ik hem vond. U denkt toch niet dat ik in een café de politie laat waarschuwen als ik er zelf iets mee te maken had.'
De Cock trok zijn schouders op.
'Ik ken jouw beweegredenen niet,' reageerde hij kalm. 'Voor mij ben jij de enige verdachte. Jij leeft in dat kraakpand en in dat kraakpand is een vent vermoord.'
'Niet door mij.'
De Cock liet demonstratief zijn hoofd zakken.
'Zing eens een ander liedje,' verzuchtte hij.
Marijn likte aan zijn droge lippen.
'Mis... misschien,' hakkelde hij. 'Misschien weet ik wie het gedaan heeft.'
De Cock hield zijn hoofd iets scheef.
'Ik heb een gewillig oor.'
Marijn zuchtte diep.
'Toen ik om acht uur het pand binnenging voor een shot, kwam er net een vent de trap af.'
'Wat voor een vent?'
Marijn draaide zijn hoofd weg.
De Cock pakte hem aan zijn schouders vast.
'Wat voor een vent?' brulde hij.
Marijn veegde met zijn vlakke hand het zweet van zijn gezicht.
'David... David van Wateringen. Ik ken hem van de sportschool.'

10

Rechercheur De Cock keek Marijn van Slooten met een scheef hoofd monsterend aan.
'Jij kent David van Wateringen van de sportschool?' vroeg hij met een zweem van ongeloof. 'De sportschool aan de Marnixstraat, bijna naast jouw kraakpand?'
'Ja.'
De Cock gniffelde.
'Ik zie aan jouw... eh, jouw fragiele gestalte geen atletische accenten.'
De opmerking deed Marijn van Slooten lachen.
'Ik kwam er ook niet om te sporten.'
De Cock toonde verbazing.
'Waarom dan?'
'Voor een bijdrage in mijn onderhoud.'
De Cock trok een vies gezicht.
'Een bijdrage in jouw onderhoud?' vroeg hij niet-begrijpend.
'Ja, gewoon, voor mijn onderhoud.'
'Dat snap ik niet.'
Marijn grijnsde.
'Het is heel simpel,' legde hij geduldig uit. 'Ik heb vorig jaar een dealtje gemaakt met de beheerder van de sportschool. Als ik dagelijks van de sporters die er komen trainen, een bijdrage mocht vragen in mijn onderhoud, zou ik mijn diefstallen in de kleedkamers van die sportschool staken.'
'Jij jatte uit de kleedkamers van de sportschool?'
Marijn knikte.
'Goed scoren. Die stomme sporters lieten vaak geld in hun kleding achter. Soms veel, enkele honderdjes, soms maar een paar gulden. Genoeg voor mij. Ik vond wel eens gouden trouwringen, gouden kettingen en andere sieraden. Ook cheques en creditcards. Die bracht ik dan later tegen beloning bij de eigenaars terug. Een leuke handel.'
'Werd je nooit betrapt?'
Marijn knikte nadrukkelijk.
'Op heterdaad... een paar maal. Dan werd ik aan de politie overgeleverd, maar binnen een paar uur was ik weer vrij man.

Justitie weet toch niet wat ze met junks aan moeten.'
Hij grinnikte.
'Ik was voor de sportschool een ware plaag. Dat zeiden ze ook.'
'Vandaar die deal met de beheerder.'
'Precies.'
'Een leuke deal.'
Marijn knikte minzaam.
'Vond ik ook. Jofel. Ik heb mij er altijd strikt aan gehouden.'
'Zo heb je... door je bijdrage voor je onderhoud... David van Wateringen leren kennen?'
Marijn glimlachte.
'Een aardige vent. Hij gaf meer dan de anderen. Soms kreeg ik wel eens een geeltje* van hem.'
'En die aardige David van Wateringen van de sportschool zag jij uit het kraakpand komen, kort voordat jij die vermoorde man in het kamertje vond?'
'Ja.'
De Cock keek hem doordringend aan.
'Je weet wat je zegt?' sprak hij vermanend. 'Je kunt je daarin niet vergissen?'
'Absoluut niet.'
'Heeft hij jou gezien?'
Marijn trok zijn schouders op.
'Misschien in een flits. Hij stormde de trap af. Zijn gezicht zag rood. Ik vond dat vreemd. Ik had hem nog nooit in mijn kraakpand gezien. Ik stak als begroeting wat verbouwereerd mijn hand op, maar ik denk niet dat hij mij heeft opgemerkt.'
'Hij reageerde niet op jouw groet?'
'Nee.'
De Cock boog zich iets naar hem toe.
'Toen je boven die vermoorde man vond, wat heb je toen gedaan?'
Marijn aarzelde.
'Ik wil een dokter,' riep hij ontwijkend.
De Cock negeerde de kreet.
'Wat heb je gedaan?' herhaalde hij.
Marijn zuchtte.

* Bankbiljet van *f* 25,- (was vroeger geel).

'Ik was van die vent met zijn stiletto in zijn rug geschrokken en wilde weglopen, weg uit het kraakpand. Maar ik bedacht dat ik beter eerst mijn shotje* kon nemen. Dat heb ik gedaan. Na het shotje werd ik een stuk rustiger. Ik heb toen voorzichtig gekeken of hij echt dood was.'
'Hoe?'
Marijn keek hem verward aan.
'Wat hoe?'
'Hoe heb je geconstateerd dat hij dood was?'
'Ik heb een brandende lucifer bij zijn ogen gehouden. Er was geen enkele reactie. Pas daarna heb ik, kruipend op mijn knieen, zijn zakken leeggehaald.'
De Cock knikte begrijpend. De oude rechercheur hield de wijsvinger van zijn rechterhand omhoog.
'Het slachtoffer,' stelde hij traag, 'lag voorover met zijn voorhoofd en neus op de vloer?'
'Zo vond ik hem.'
'Aan welke kant van zijn gezicht heb jij bij het licht van jouw lucifer in de ogen van de man gekeken?'
Marijn van Slooten dacht even na.
'Toen ik begon, zat ik op mijn knieën voor zijn hoofd. Voor mij links.'
Hij knikte instemmend.
'Ja, voor mij links. Dus rechts van de man. Ik had nog een tweede lucifer willen aansteken om ook aan de andere kant van zijn gezicht te kijken, maar ik had niet meer. Mijn doosje was leeg.'
'En het beeldje?'
'Wat voor een beeldje?'
'Dat naast het hoofd van het slachtoffer stond.'
Marijn van Slooten keek hem verwonderd aan.
'Beeldje?'
De Cock knikte.
'Dat beeldje.'
Marijn schudde zijn hoofd.
'Er was geen beeldje. Ik heb geen beeldje bij zijn hoofd gezien.'

* Een injectie met heroïne.

Vledder plofte op zijn stoel neer.
'Gaan we hem arresteren?' vroeg hij enthousiast.
'Wie?' vroeg De Cock overbodig.
Vledder keek hem verbaasd aan.
'David van Wateringen.'
De Cock reageerde niet.
'Heeft de wachtcommandant een dokter voor Marijn van Slooten gebeld?'
Vledder knikte.
'Ik heb niet op zijn komst gewacht. Ik dacht dat jij onmiddellijk op pad wilde?'
De Cock keek naar de grote klok boven de toegangsdeur van de recherchekamer. Het was twee uur in de nacht. De oude rechercheur wees omhoog.
'Op dit onchristelijke uur?'
Vledder grijnsde.
'Moord is een onchristelijke daad.'
De Cock leunde in zijn stoel achterover. De opmerking van zijn jonge collega trof hem.
'Dat is het,' beaamde hij, 'onchristelijk. Maar ik heb mijn twijfels.'
'Je hebt een getuige,' riep Vledder geëmotioneerd. 'Marijn van Slooten heeft hem met een rood hoofd uit dat kraakpand zien komen.'
'En?'
'Wat had die vent daar anders te zoeken dan die antiquair koud te maken?'
'Waarom?'
'Wat bedoel je?'
De Cock reageerde ongewoon fel.
'Het motief?'
Vledder zuchtte omstandig.
'Zaken die voor ons nog verborgen zijn. Vergelding, wraak, een afrekening? Misschien acht David van Wateringen de antiquair Adriaan Goederijke, die hij uit het verleden goed kent, wel medeverantwoordelijk voor de dood van zijn vader?'
De Cock schudde zijn hoofd.
'Voor die stelling hebben we geen enkel bewijs.'
'We kunnen David van Wateringen toch gewoon vragen waar-

om hij Adriaan Goederijke heeft vermoord? Daar is toch niets op tegen?'
De Cock streek met zijn vlakke rechterhand langs zijn ogen. Het was een gebaar van vermoeidheid.
'Ik betwijfel,' sprak hij veel rustiger, 'of David van Wateringen wel de man is die Adriaan Goederijke vermoordde.'
Vledder wond zich zichtbaar op.
'Waarom?' riep hij wrevelig. 'Waarom die twijfel? Ik zou willen dat wij altijd zo'n sterke zaak hadden. Op basis van de verklaring van Marijn van Slooten wordt David van Wateringen zeker veroordeeld.'
De Cock boog zich voorover, schoof een lade van zijn bureau open en nam daaruit de oesjebti die naast het hoofd van het slachtoffer had gestaan. Voorzichtig zette hij het beeldje voor zich op zijn bureau.
'Dit... eh, dit is mijn twijfel,' reageerde hij kalm. 'Toen Marijn van Slooten kort na het vertrek van David van Wateringen de vermoorde Adriaan Goederijke vond, was er geen beeldje.'
Vledder snoof.
'Die junk heeft niet goed gekeken,' riep hij opgewonden. 'Wat kun je van zo'n junk verwachten? De verslaafde Marijn van Slooten had alleen belangstelling voor wat er in de zakken van de vermoorde zat. Voor de rest had hij geen enkele interesse.'
De Cock schudde zijn hoofd.
'Marijn van Slooten heeft een lucifer aangestoken om naar de ogen van de vermoorde Adriaan Goederijke te kijken. Het slachtoffer lag met zijn voorhoofd en neus op de vloer. Daarom vroeg ik Marijn van Slooten aan welke zijde van het hoofd hij had gekeken. Dat was, zo verklaarde hij uitdrukkelijk, voor hem links, dus rechts van het hoofd van het slachtoffer. Als het beeldje daar op dat moment had gestaan, dan had hij het moeten zien. En als hij het niet had gezien, dan had hij het bij het aansteken van zijn lucifer vrijwel zeker met zijn elleboog omgestoten. Toen wij ter plekke kwamen, stond het er, rechtop.'
'En?'
De Cock kneep zijn lippen op elkaar.
'Op het moment dat David van Wateringen, kennelijk geschrokken van zijn ontdekking, het kraakpand verliet, stond er

naast het hoofd van de vermoorde Adriaan Goederijke geen oesjebti.'
'Wat wil je daarmee zeggen?'
De Cock grijnsde.
'Dat David van Wateringen niet de man was die Adriaan Goederijke vermoordde.'
'Wie dan wel?'
De Cock trok zijn gezicht strak. Zijn rechterhand streelde het beeldje.
'De man of vrouw die deze oesjebti bij het hoofd van het slachtoffer plaatste.'

Toen De Cock de volgende morgen na een korte en vooral onrustige nachtrust de grote recherchekamer binnenstapte, trof hij Vledder achter zijn elektronische schrijfmachine. De rappe vingers van de jonge rechercheur dansten over de toetsen.
De Cock smeet zijn hoedje missend naar de kapstok, raapte het op en trok zijn regenjas uit. Bedaard slenterde hij naar zijn bureau.
Vledder liet zijn vingers rusten en keek op.
'Goed geslapen?'
De Cock schudde zijn hoofd.
'Mijn vrouw snurkte en ik droomde van een oneindige stoet van stijve, onaandoenlijke oesjebti's, die compleet met de opzichters in hun midden in een trage cadans voor mij uit sjokten.'
Vledder grinnikte.
'Ze zongen er niet bij?'
Het klonk spottend.
De Cock zweeg. Hij kon de opmerking niet waarderen.
De jonge rechercheur verschoof iets op zijn stoel.
'Ik ben, nadat jij naar huis was gegaan, nog naar de Willemsparkweg getogen.'
De Cock fronste zijn wenkbrauwen.
'Willemsparkweg?'
Vledder knikte.
'Daar woont David van Wateringen. Maar de vogel was gevlogen.'
'Wat had je willen doen?'
'Hem arresteren.'

De Cock keek hem onderzoekend aan.
'Ik dacht dat ik jou gisteravond voldoende duidelijk had gemaakt dat ik David van Wateringen niet zie als de man die Adriaan Goederijke vermoordde.'
'Ik weet het... dat ellendige beeldje. Maar ik bedacht dat David van Wateringen na de moord kon zijn teruggekomen om alsnog die oesjebti bij het lijk te plaatsen.'
'Nadat Marijn van Slooten op weg was naar het café om ons te verwittigen?'
Vledder knikte.
'Tijd genoeg.'
De Cock reageerde niet direct. Hij kauwde peinzend op zijn onderlip.
'Dat is voor het eerst sinds de moord op Alex Delszsen,' sprak hij bedachtzaam, 'dat je uit eigen initiatief iets onderneemt.'
Vledder slikte.
'Ik heb liever niet dat je mij aan die zaak* herinnert,' sprak hij nors. 'Overigens... commissaris Buitendam heeft naar je gevraagd.'
De Cock glimlachte.
'Een schip met zure appelen? Ik bedoel: dreigen er donkere wolken?'
Vledder schudde zijn hoofd.
'Integendeel. Hij was ongewoon vriendelijk en zeer opgewekt.'

Commissaris Buitendam, de lange statige chef van het politiebureau aan de Amsterdamse Warmoesstraat, wenkte met een slanke hand naar de stoel voor zijn bureau.
'Ga zitten, De Cock,' sprak hij geaffecteerd. 'Ik wil volledig worden geïnformeerd.'
De oude rechercheur trok een stuurs gezicht en nam onwillig plaats. Hij zat niet graag. Het liefst bleef hij staan, rechtop, zijn benen iets uit elkaar. Dan voelde hij zich weerbaar en alert. Hij had geen hekel aan zijn commissaris, maar wanneer Buitendam hem ontbood, bezag hij hem steeds met argwaan. Het was een houding van strijdlust, van protest, die hij bij voorbaat aannam om zich tegen eventuele aantijgingen te verweren. Bovendien voelde hij

* Zie: *De Cock en de stervende wandelaar.*

zich die morgen in het nadeel, omdat hij ervan uitging dat een onvoldoende nachtrust de scherpte van zijn geest had aangetast.
'Hebben wij u niet duidelijk genoeg gerapporteerd?' vroeg hij met een zweem van onderdanige onnozelheid.
Buitendam knikte nadrukkelijk.
'Zeker, zeker. En ik feliciteer jou en Vledder met jullie succes. De moorden op die beide antiquairs hebben jullie snel tot een goed einde gebracht. Gelukkig. Ik had al een soort broederschap van antiquairs aan de lijn, die mij vroeg hoever wij met het onderzoek waren... of er spoedig arrestaties waren te verwachten. Ik heb de heren vanmorgen kunnen geruststellen...'
De Cock keek zijn vrolijk voortbabbelende commissaris geschokt aan. Het was alsof Buitendam hem, door zijn onbezorgde opgewektheid, een dreun op zijn hersenpan toebracht.
'U... eh, u bedoelt de arrestatie van Marijn van Slooten?' stotterde hij verlegen.
De commissaris knikte uitbundig.
'Knap werk.'
De Cock streek met de rug van zijn hand langs zijn droog geworden lippen. Hij had zich in zijn lange loopbaan als rechercheur nog nooit zo ongelukkig gevoeld.
'Dat... eh, dat is een vergissing.'
Buitendam keek hem verwonderd aan.
'Een vergissing?'
De Cock knikte.
'Inderdaad. Een vergissing.'
Buitendam boog zich over zijn bureau.
'De reden van zijn arrestatie was toch moord casu quo diefstal?'
De Cock boog zijn hoofd.
'Juist. Dat is correct. Volkomen waar. Moord casu quo diefstal. Onder die noemer hebben wij hem gisteravond laten insluiten. Maar ik moet u verzoeken de aanklacht moord te laten vervallen. Alleen de diefstal blijft overeind.'
Buitendam keek hem ongelovig aan.
'Die man heeft geen moorden gepleegd?'
'Nee.'
'Die arrestatie was dus onwettig.'
De Cock schudde zijn hoofd.

'Niet onwettig. We hebben in zijn bezit goederen van de vermoorde man aangetroffen. Op basis daarvan was er... zoals de wet vereist... uit feiten en omstandigheden een redelijk vermoeden van schuld aan moord op de antiquair Goederijke. Verder was het vanuit tactisch oogpunt bezien zinvol om bij de arrestatie van Marijn van Slooten de aantijging moord nog even te handhaven. Om... eh, om zijn openhartigheid te bevorderen.'
Buitendam brieste.
'Tactisch oogpunt,' brieste hij. 'Wat is een tactisch oogpunt?'
De Cock kwam kalm uit zijn stoel overeind. Het gevoel van verslagenheid dat hem had beheerst, zakte langzaam uit hem weg. Zijn weerbaarheid en strijdlust kwamen terug... groeiden per seconde. Met een droef gebaar van gespeelde hulpeloosheid bleef hij staan.
'Hoe leg ik dat uit,' verzuchtte hij moedeloos. 'Hoe leg ik het uit aan een man die op een voor mij onverklaarbare wijze commissaris van politie is geworden en niets van het recherchewerk begrijpt.'
Buitendam leek verlamd. Even maar. Met een rood hoofd en een gebaar van ingehouden woede kwam hij uit zijn stoel overeind. Beverig strekte hij zijn rechterarm naar de deur.
'Eruit.'
De Cock ging.

Vledder keek hem peilend aan.
'Was het weer zover?'
De Cock knikte.
'Buitendam meende dat wij met de arrestatie van Marijn van Slooten de beide moorden op de antiquairs hadden opgelost.'
'Hoe komt hij daarbij?'
'Door onze mutatie van gisteravond in het dagelijks rapport: moord casu quo diefstal. Ik dacht dat hij een complete hartverlamming kreeg toen ik hem vroeg om ten aanzien van Marijn van Slooten de beschuldiging moord te laten vallen en alleen de beschuldiging diefstal te handhaven.'
'En toen stuurde hij jou de kamer af?'
De Cock schudde zijn hoofd.
'Ik probeerde hem duidelijk te maken dat de beschuldiging moord een tactische zet was om Marijn van Slooten nog even

onder druk te houden. Toen hij dat niet begreep, heb ik hem onbekwaamheid verweten.'
Vledder lachte vrijuit.
'Dat kun je toch niet maken?' riep Vledder vrolijk. 'Dat is eenvoudig ondenkbaar. Commissarissen van politie zijn nooit onbekwaam.'
Voordat De Cock kon reageren, rinkelde de telefoon. De jonge rechercheur greep de hoorn en luisterde. Na enkele seconden legde hij de hoorn op het toestel terug.
'Het was de wachtcommandant,' sprak hij toonloos.
'En?'
'Beneden aan de balie staat David van Wateringen. Hij komt zich melden.'

11

De Cock monsterde de gelaatsuitdrukking van de man die schuin voor hem aan zijn bureau zat. Hij ontdekte weinig emoties, weinig tekenen van angst of onrust. Het verbaasde hem.
'U komt zich melden?' opende hij vriendelijk.
David van Wateringen knikte.
'Dat leek mij de juiste tactiek. Ik heb vanmorgen via mijn naaste buren vernomen dat er vannacht mensen van uw dienst hun opwachting bij mij kwamen maken. Het spijt me. Tevergeefs.'
De Cock wenkte naar Vledder.
'Dat klopt. Mijn jonge collega offerde zijn nachtrust voor u op.'
David van Wateringen trok een scheve mond.
'Offeren?' grinnikte hij spottend. 'Een mooi begrip. Ik voel mij gevleid.'
De Cock keek hem onbewogen aan.
'Terecht. U mag zich in onze bijzondere belangstelling verheugen.'
David van Wateringen grinnikte.
'Ik heb bij vrienden geslapen. Ik voelde er weinig voor om een nacht in een cel van bureau Warmoesstraat door te brengen.'
'Daar... eh, daar had u op gerekend?'
David van Wateringen knikte nadrukkelijk. 'Ik weet zo ongeveer hoe starre politiemensen denken: stop iemand eerst in de cel en bekijk later eens of hij of zij wel schuldig is.'
'Een verkeerde volgorde volgens u.'
'Absoluut.'
De Cock strekte zijn arm naar hem uit.
'En in de uitslag van... eh, van dat "bekijken achteraf" ' had u weinig vertrouwen?'
David van Wateringen trok zijn schouders iets op.
'Ik ben mij van geen kwaad bewust.' Hij tikte met zijn kromme wijsvinger op het blad van De Cocks bureau. 'Hier zit een onschuldig man. Ik heb Adriaan Goederijke niet vermoord.'
De oude rechercheur veinsde verwondering.
'Ik heb u nog geen moment van moord beschuldigd.'
David van Wateringen klemde zijn lippen op elkaar.

'U staat bekend als een scherpzinnig rechercheur,' riep hij opgewonden.
'Dank u.'
David van Wateringen schoof onrustig op zijn stoel heen en weer. De jongeman toonde voor het eerst iets van emoties.
'Het heeft weinig zin om u verhalen te vertellen.'
'Van een intelligente jongeman verwacht ik die ook niet.'
David van Wateringen duimde over zijn schouder.
'Ik was daar, in dat kraakpand, ik heb hem gezien met een joekel van een stiletto in zijn rug. En ik zag vanuit mijn ooghoeken dat die junk, Marijn, mij met veel verbazing nastaarde toen ik van de trap naar beneden kwam.'
De Cock maakte een verontschuldigend gebaar.
'Voor ons, star-den-ken-de politiemensen, reden genoeg om u als verdachte aan te merken.'
David van Wateringen knikte traag voor zich uit. De terechtwijzing van de oude rechercheur ontging hem.
'Dat realiseer ik mij. Ten volle. Daarom ben ik niet weggegaan... heb ik mij vanmorgen zelf gemeld... een vlucht zou de verdenking jegens mij alleen maar versterken.'
De Cock hield zijn hoofd iets scheef.
'Kunt u zich de verbazing van Marijn... die junk... voorstellen toen hij u met een rood hoofd van die trap zag komen?'
'Natuurlijk,' reageerde David nerveus, 'wat had een man zoals ik in dat kraakpand te zoeken? Toen Marijn... vermoedelijk nauwelijks luttele seconden later... die dode Goederijke met een stiletto in zijn rug aantrof, zal zijn conclusie snel zijn getrokken.'
'Het spijt mij,' verzuchtte De Cock, 'maar ook ik kan als rechercheur tot geen andere slotsom komen... mijn starre denkpatroon als politieman laat geen enkele andere conclusie toe.'
De grijze speurder zweeg even. Daarna boog hij zich iets voorover. Zijn gezicht stond strak.
'David van Wateringen, waarom hebt u de antiquair Adriaan Goederijke vermoord?'
David van Wateringen deinsde iets achteruit. De vraag had hem overrompeld. In een gebaar van wanhoop stak de jongeman zijn armen omhoog.
'Ik heb Adriaan Goederijke niet vermoord,' riep hij hees. 'Dat

heb ik u al een keer gezegd. Hij lag daar met die stiletto in zijn rug toen ik hem vond.'
'Dood?'
David van Wateringen trok zijn schouders op.
'Dat weet ik niet.'
De Cock keek hem vragend aan.
'U hebt niet gekeken,' sprak hij met een zweem van verontwaardiging, 'of u aan het slachtoffer nog hulp kon bieden?'
David van Wateringen schudde zijn hoofd.
'Die stiletto in zijn rug leek mij duidelijk genoeg. Wat viel er nog te redden? Bovendien heb ik op dat moment niet rationeel gedacht. Ik werd slechts door één impuls gedreven: weg van die plek.'
De Cock knikte begrijpend.
'Hoe kwam u daar? Ik bedoel, had u een afspraak met Adriaan Goederijke?'
David sloot even zijn ogen.
'Ik had geen afspraak met de heer Goederijke. Ik heb nooit persoonlijk contact met de man gehad. Ik kende hem alleen via mijn vader.'
'Als één van het vierspan.'
David knikte.
'Een vriend van vader. Het was puur toeval, een uitvloeisel van mijn nieuwsgierigheid, dat ik hem daar aantrof.'
De jongeman keek naar De Cock op. Hij likte zijn droge lippen.
'Wilt u de waarheid horen?'
'Dat is een pure gewetensvraag.'
De grillige accolades rond de mond van de oude rechercheur krulden tot een glimlach.
'Het wordt wel eens betwijfeld, maar het achterhalen van de waarheid is de essentie van mijn beroep.'
David ademde diep.
'Ik was in de sportschool... diezelfde sportschool waar u mij die middag hebt bezocht,' begon hij rustig. 'Ik had mijn gebruikelijke serie krachtoefeningen afgewerkt, minutenlang gedoucht en was bezig mij aan te kleden, toen ik door het raam van mijn kleedkamer de heer Goederijke voorbij zag komen.'
'Hoe?'
'Wat bedoelt u?'

'In een auto? Op de fiets? Lopend? Gehaast? Opgewonden? Er zijn tal van mogelijkheden.'
David schudde zijn hoofd.
'Gewoon, niets bijzonders. Hij liep daar.' De jongeman zuchtte diep. 'Aanvankelijk had ik daar geen moeite mee. Maar de dood van mijn vader spookte steeds door mijn gedachten... ik was daar geestelijk nog niet mee in het reine... en ik vroeg mij af wat de heer Goederijke in de Marnixstraat had te zoeken. Nieuwsgierig geworden kleedde ik mij snel aan, ging naar buiten en liep in de richting waar ik de heer Goederijke had zien gaan. Tot mijn verbazing zag ik hem nergens meer. Hij leek verdwenen, opgelost.'
'In een auto gestapt?'
David maakte een hulpeloos gebaartje.
'Die mogelijkheid heb ik niet overwogen. Ik heb niet op het verkeer gelet.'
'U kent de auto van de heer Goederijke?'
David schudde zijn hoofd.
'Maar ik ken de Marnixstraat. Ik kom al jaren in die sportschool en weet wat voor mensen er in de directe omgeving wonen. Echte Amsterdammers, gezellig, open. Maar geen kunstkenners of verzamelaars van antiek. Het verbaasde mij dat de heer Goederijke opeens was verdwenen. Gezien de omgeving, achtte ik het als enige mogelijkheid dat hij, om wat voor reden dan ook, dat smerige kraakpand was binnengegaan.'
De Cock knikte begrijpend.
'Die weg bent u gevolgd?'
David greep met zijn handen naar zijn hoofd.
'Ik ging dat kraakpand binnen. Argeloos. Zonder mij te realiseren wat mij te wachten stond. Later besefte ik dat ik in groot gevaar heb verkeerd... vrijwel aan de dood ben ontsnapt. De moordenaar van de heer Goederijke moet heel dicht bij mij zijn geweest. Dat kan niet anders. Ik heb niemand het kraakpand zien verlaten. Misschien stond hij of zij wel in een vertrek daarnaast of op een etage hoger.'
'U hebt niets van hem of haar gezien of gehoord?'
'Nee.'
'U zag in het donkere kraakpand wel direct dat het slachtoffer de heer Goederijke was?'

David schudde zijn hoofd.
'Zo donker was het niet,' antwoordde hij met een zweem van verontwaardiging. 'Het was er schemerig en het stonk er verschrikkelijk. Ik ging bijna over mijn nek.'
'Hoe herkende u de heer Goederijke?'
'Aan zijn kleding. Ik moet u bekennen dat ik niet zo nauwgezet naar zijn gezicht heb gekeken.'
'Waarom niet?'
'De... eh, de directe confrontatie met de dood schrikt mij af.'
'En het beeldje?'
David reageerde verbaasd.
'Wat voor een beeldje?'
'Dat rechts naast het hoofd van de heer Goederijke stond.'
'Ik heb niets gezien. Wat voor een beeldje moet dat zijn geweest?'
'Een oesjebti.'
David keek hem verschrikt aan.
'Een oesjebti?'
De Cock knikte.
'Kent u die?'
De schrik in de ogen van de jongeman bleef.
'Zo'n Egyptisch dodenbeeldje. Vader had er in de kelder een kist vol van.'

Vledder keek hem niet-begrijpend aan.
'Je hebt hem laten gaan,' riep hij verbijsterd. 'Zomaar, vrij de straat op. Alsof er niets is gebeurd... alsof er niets met die vent aan de hand is.'
De Cock keek naar hem op.
'Jij had hem willen houden?' vroeg hij kalm.
Vledder knikte nadrukkelijk.
'Een ideale verdachte. Geen alibi, door een getuige gezien op praktisch de plek, en op het tijdstip van de moord. Wat wil je als rechercheur nog meer? Als commissaris Buitendam alle facetten kent, dient hij voor jou een ontslagaanvraag in.'
De Cock gniffelde.
'Wegens onbekwaamheid.'
Vledder snoof.
'Dat durft hij niet. Maar als Buitendam slechts voor de helft

wist, aan welke onwettige handelingen jij je in jouw onderzoeken schuldig hebt gemaakt, dan had hij jou al jaren geleden op non-actief gesteld.'
De Cock schoof zijn onderlip naar voren.
'En waren er minder moorden opgelost.'
Vledder knikte traag.
'Dat... eh,' sprak hij met enige tegenzin, 'moet ik helaas toegeven.'
'Helaas?'
Vledder knikte.
'Ik blijf liever binnen de grenzen van de wet.'
De Cock maakte een grimas.
'Ik ook, maar soms...' De oude rechercheur maakte zijn zin niet af. 'Je weet,' ging hij zuchtend verder, 'dat ik de commissaris zoveel als doenlijk ontloop.'
Vledder schudde zijn hoofd.
'Dat heb ik nooit goed begrepen. Buitendam is in wezen toch een aardige man.'
De Cock knikte.
'Het is zijn karakter. Ik houd voortdurend rekening met de onderdanigheid van Buitendam... zijn gevoelens van angst voor het hautaine, vaak onbekwame en wereldvreemde justitieapparaat. Koppel daaraan zijn van nature starre denkpatronen en begrijp dat van mijn kant jegens hem nooit openhartigheid is te verwachten.'
Vledder lachte.
'De uitroep "starre politieman" van David van Wateringen zit je ook duidelijk dwars?'
De Cock knikte instemmend.
'Nogal. Ik vind niet dat wij star denken. Als ik geen nuances kende, had ik David van Wateringen inderdaad voor moord ingesloten.'
Vledder knikte.
'Dat had ik ook verwacht.'
'Ik vond zijn verklaring acceptabel.'
Vledder zweeg even, hij liet de discussie over dit onderwerp rusten. Hij hield de wijsvinger van zijn rechterhand voor zijn neus.
'Jij zoekt naar een moordenaar of moordenares die de beschikking heeft over oesjebti's?'

De Cock knikte.
'Zeldzame en dus kostbare beeldjes. Niet zomaar ergens voor het grijpen.'
Vledder keek hem schuins aan.
'De vader van David van Wateringen had er een kist vol van.'
De Cock grijnsde.
'Jij bedoelt te zeggen dat hij gemakkelijk over zo'n oesjebti kon beschikken?'
'Inderdaad.'
De Cock maakt een schouderbeweging.
'Denk eens aan de andere zoon... Evert van Wateringen. Aan Helen van Haaksbergen... de jonge weduwe van Arthur van Wateringen. Ook voor hen was het niet moeilijk om oesjebti's te bemachtigen.'
Vledder trok een denkrimpel in zijn voorhoofd.
'Je vergeet nog iemand.'
'Wie?'
'Elisa van Oldekerke... zij kende in de Oude Vensterstraat opvallend goed de weg in de kelder.'
'Weet zij wat een oesjebti is?'
Vledder stond van zijn bureau op en liep naar de kapstok.
De Cock keek hem verbaasd na.
'Waar ga je heen?'
Vledder draaide zich half om.
'Naar de Herenmarkt. Elisa van Oldekerke vragen of de ruim twee miljoen aan verzekeringspenningen al aan haar zijn uitgekeerd.'

Elisa van Oldekerke, slechts gekleed in een nauwelijks verhullend tulen negligé, waarin duidelijk de contouren van een roze bh'tje en een minuscuul slipje zichtbaar waren, keek van De Cock naar Vledder en terug. In haar ogen blonk wantrouwen.
'Jullie komen mij toch niet vertellen,' vroeg ze met iets van angst in haar stem, 'dat jullie mijn verdwenen sarcofaag hebben opgespoord?'
De rechercheurs antwoordden niet.
Vledder gebaarde naar vier rotan fauteuils met gebloemde kussens rond een ronde matglazen tafel.
'Mogen we gaan zitten?'

Elisa van Oldekerke knikte. Ze wachtte rustig tot de rechercheurs zich hadden genesteld, treuzelde nog enige seconden en nam toen tegenover hen plaats. Kalm, gracieus, geraffineerd, gericht op het effect dat ze kende.
De Cock onderdrukte met een krachtige wilsimpuls de betovering die haar feeërieke gestalte uitstraalde.
'U bent bang voor onze activiteiten?' vroeg hij vriendelijk.
Elisa van Oldekerke knikte.
'Als die activiteiten gericht zijn op het terugbrengen van mijn sarcofaag.'
'U wilt uw eigendom niet meer terug?'
Elisa van Oldekerke schudde haar hoofd. Haar lange blonde haren golfden over haar schouders.
'Ik wil dat ding nooit meer zien.'
Vledder grijnsde.
'Ruim twee miljoen op een solide bank,' sprak hij smalend, 'is aantrekkelijker dan een bronzen sarcofaag op de schoorsteenmantel.'
Elisa van Oldekerke keek hem vernietigend aan. Ze trok haar mond samen en haar lichtgroene, bijna fosforescerende ogen schoten vuur.
'Het gaat mij niet om geld,' reageerde ze fel. 'Ik wist ook niet dat die bronzen sarcofaag voor zoveel geld was verzekerd. Dat heb ik u toch verteld? Ik vernam dat eerst later van Pieter-Jan van Oldekerke toen ik hem schreef dat mijn sarcofaag was gestolen.'
Vledder snoof.
'Volgens Pieter-Jan van Oldekerke wist u dat al geruime tijd... ook al op het moment dat u bij ons aangifte van diefstal deed.'
Elisa van Oldekerke brieste.
'Dat is een leugen... een leugen om mij in een kwaad daglicht te stellen. Ik kreeg die sarcofaag toegestuurd zonder hoe of wat. Er was alleen een briefje bij van mijn oudoom Pieter, dat op de sarcofaag een vloek rustte. Meer niet.'
Vledder grinnikte vreugdeloos.
'Waarom verklaarde Pieter-Jan van Oldekerke, de respectabele executeur-testamentair van uw oudoom Pieter, dan tegen ons dat hij u onmiddellijk op de hoogte had gesteld van het enorme verzekeringsbedrag van ruim twee miljoen, dat uw oudoom

Pieter voor de diefstal van de sarcofaag had afgesloten?'
Elisa van Oldekerke boog zich iets naar hem toe. Haar bevallige pose kwam terug. Ze schonk de jonge rechercheur een meelijwekkend lachje.
'Een typisch familietrekje,' legde ze liefjes uit. 'Zo moet u dat zien. Als de familie Van Oldekerke de volle vrijheid had... als er geen wetten bestonden met de mogelijkheid van opsporing en zware bestraffing... dan moordden zij elkaar vrolijk en opgewekt uit. Geloof me, zonder enige tekenen van schuld of berouw.'
De Cock kwam tussenbeide.
'U bent toch Elisa van Ol-de-ker-ke?'
Het duurde even. Toen gleed een glimlach om haar lippen.
'Ik ben niet voor niets naar Amsterdam getrokken. Hier voel ik mij vrij. Hier zijn geen leden van de familie Van Oldekerke. Ik heb hier van niemand iets te vrezen... en niemand iets van mij.'
De Cock kwam uit zijn fauteuil overeind.
'Weet u wat een oesjebti is?'
Elisa van Oldekerke keek hem niet-begrijpend aan.
'Een oesjebti?'
De Cock knikte.
'Oes-jeb-ti,' antwoordde hij nadrukkelijk.
Elisa van Oldekerke schudde haar hoofd.
'Geen flauw idee.'
De Cock liet het onderwerp vallen.
'Weet u al iets meer van de vloek die op de sarcofaag zou rusten?'
Elisa van Oldekerke stond op en stapte op hem toe. De geur van haar parfum bracht hem in een wolk van zoete bedwelming.
'Ik begin,' sprak ze zacht, bijna fluisterend, 'in die vloek te geloven. De kracht van de vloek op die vermaledijde sarcofaag heeft zich reeds ruimschoots bewezen.'
De Cock steeg boven haar bedwelming uit.
'Bewezen?' vroeg hij argwanend.
Elisa van Oldekerke knikte. Haar groene ogen vonkten.
'Twee mannen zijn al aan die vloek ten offer gevallen. En het einde is nog niet in zicht.'

12

De Cock raapte zijn hoedje van het tapijt, stond op en schuifelde het vertrek uit. Vledder volgde. Bij de deur bleef de oude rechercheur staan en draaide zich om.
'Welk einde verwacht u?'
Elisa van Oldekerke kwam traag uit haar rotan fauteuil overeind.
'Kunt u in de toekomst blikken?' vroeg ze uitdagend.
De Cock schoof zijn onderlip vooruit.
'Gelukkig niet.'
Elisa van Oldekerke schudde haar hoofd.
'Ik evenmin.' Ze tikte met de toppen van haar vingers een paar maal op haar borst. 'Maar in mijn hart bonst een waarschuwing.'
De Cock keek haar vragend aan.
'Voor wie... voor wat?'
'Voor onheil. Onhcil over mensen in onze omgeving.'
Bevallig, op haar blote voeten, schreed Elisa van Oldekerke in haar adembenemend negligé op De Cock toe en drukte hem tot afscheid een kus op zijn rechterwang.
'Wees lief,' sprak ze beminnelijk, 'en zorg ervoor dat ik die sarcofaag nooit terugkrijg.'
De Cock voelde de tedere kus op zijn wang gloeien, maar behield zijn achterdocht.
'In ruil voor ruim twee miljoen?'
Ongewild klonk zijn stem harder dan hij bedoelde.
Elisa van Oldekerke schudde haar hoofd. Haar gezicht zag bleek, haar neusvleugels trilden en in haar helgroene ogen spiegelde een zee van angst en vertwijfeling.
'In ruil voor mijn zielenrust,' antwoordde ze zacht. 'Geld heeft voor een dode geen waarde meer.'
'Heel realistisch.'
Elisa van Oldekerke knikte.
'Houd die sarcofaag ver van mij. Ik wil geen derde slachtoffer zijn.'

Ze liepen vanaf de Herenmarkt langs het West-Indisch Huis naar de Haarlemmerstraat en verder over de sluis naar de Stro-

markt. Het regende. Boven de oude binnenstad hing loom en traag een dikke vuile grauwe mist als een moltondeken, die elk glimpje zonlicht uit de straten hield. De oude geveltjes aan de Haarlemmerstraat huilden verdrietig en in de verte lag het Centraal Station gehuld in nevelige sluiers.
De Cock trok de kraag van zijn regenjas omhoog en schoof zijn hoedje ver naar voren. Met zijn tong likte hij een vette regendruppel van zijn neus.
Vledder keek hem van terzijde aan.
'Ze kuste jou.'
De Cock glimlachte.
'Jaloers?'
Vledder schudde zijn hoofd.
'Het was een judaskus,' foeterde hij. 'Voor ruim twee miljoen kus ik de snuit van een varken.'
De Cock bleef in de regen staan. In zijn markant gelaat trilden alleen de mondhoeken.
'Ik vind de vergelijking niet zo vleiend,' sprak hij vriendelijk.
Vledder ademde diep.
'Ik bedoel dat niet beledigend. Jij bent best een aantrekkelijke oude vent.'
De Cock grinnikte.
'Ook dat klinkt niet erg complimenteus.'
Vledder hield stil.
'Laat je niet inpalmen. Dat bedoel ik. Elisa van Oldekerke is geraffineerder dan je denkt.'
De Cock liep door.
'Ik ben nog nooit voor een kus bezweken,' mopperde hij grimmig. 'Elisa van Oldekerke is bang voor die vloek. Ze is ervan overtuigd dat zowel Arthur van Wateringen als Adriaan Goederijke als gevolg van die vloek zijn vermoord.'
Vledder liep De Cock achterop en klemde zijn lippen op elkaar.
'Elisa van Oldekerke leidt ons bewust om de tuin of ze ziet spoken.'
Nu bleef De Cock staan.
'Jouw houding ten opzichte van Elisa van Oldekerke is na die kus op mijn wang wel veranderd,' stelde hij olijk vast. 'Toen ik een paar dagen geleden opperde dat Elisa van Oldekerke wel eens belang kon hebben bij het verdwijnen van haar sarco-

faag, noemde jij mij een denkende automaat... een man met een ziekelijke geest.'
Vledder wuifde zijn opmerking weg.
'Haar verhaal klopt niet,' zei hij geëmotioneerd. 'De vloek zou betrekking hebben op mensen die rechtmatig of onrechtmatig in het bezit van de bronzen sarcofaag zijn of waren. Dat slaat niet op Adriaan Goederijke. Arthur van Wateringen heeft hem de sarcofaag laten zien... om advies. Meer niet. Adriaan Goederijke is nooit, noch rechtmatig noch onrechtmatig, in het bezit van de sarcofaag geweest.'
De Cock liep weer door.
'Elisa van Oldekerke was in het bezit van de bronzen sarcofaag... het voorwerp is nog steeds haar eigendom... en als zij in de vloek gelooft, dan is haar angst verklaarbaar.'
Vledder liep mokkend achter hem aan. Het feit dat De Cock hem op zijn totaal veranderde houding ten opzichte van Elisa van Oldekerke had gewezen, zat hem behoorlijk dwars.
'Toen ik bij haar op visite was,' meesmuilde hij, 'was ze ook lief tegen mij.'
'Heeft ze jou gekust?'
'Nee.'
De oude rechercheur liet het onderwerp rusten. Een spottende opmerking hield hij voor zich. Hij wilde zijn jonge collega niet kwetsen.
Vanuit het Kattegat sjokten ze naar de Spuistraat, staken de rijbaan over en slenterden via de Korte Kolksteeg langs het Korenmetershuisje naar de Oudebrugsteeg. Voor de derde keer bleef De Cock in de steeds feller stromende regen staan.
'Heeft de telefoontap nog iets opgeleverd?'
Vledder keek hem verward aan.
'Telefoontap?'
De Cock knikte.
'Na die mysterieuze telefoontjes hebben we toch een tap op de telefoon van Adriaan Goederijke gezet. Je hebt er persoonlijk over gebeld met de officier van justitie en de rechter-commissaris.'
Vledder sloeg met zijn vlakke rechterhand tegen zijn mond.
'Ik heb helemaal niet meer aan die tap gedacht.'
De Cock keek hem bestraffend aan.
'Dat is toch belangrijk. Adriaan Goederijke had volgens David

van Wateringen geen afspraak met hem. Toch ging de antiquair naar dat gore kraakpand aan de Marnixstraat. Waarom?'
Vledder reageerde aarzelend.
'Omdat iemand hem naar dat kraakpand had gelokt.'
'Waarmee.'
'Een aanlokkelijk aanbod.'
'Hoe?'
'Middels een telefoontje.'
De Cock grijnsde.
'En dat telefoontje staat...?' Hij maakte zijn zin niet af.
'Hopelijk op die tap.'
De Cock duimde over zijn schouder.
'Ga naar het hoofdbureau. Neem desnoods een taxi. En luister die tap af.'
Vledder liep bedremmeld bij hem weg. Na een vijftig meter rende hij terug en haalde De Cock in.
'Dat aanlokkelijk aanbod?'
'Ja?'
'De bronzen sarcofaag?'

Toen De Cock in de Warmoesstraat de hal van het politiebureau binnenstapte, wenkte Jan Kusters hem met een kromme vinger. De oude rechercheur liep op hem toe.
'Ik weet het,' gniffelde hij, 'jij hebt als gedreven wachtcommandant door jouw menslievend gedrag aan de Warmoesstraat de Nobelprijs voor de vrede gekregen.'
'Barst.'
De Cock grinnikte.
'Dus niet.'
Jan Kusters stak zijn arm omhoog.
'Maak je borst maar nat. Buitendam heeft een zware delegatie verontruste antiquairs op bezoek. Ze verwijten hem valse voorlichting.'
De Cock trok zijn schouders op.
'Hij moet maar zien hoe hij zich redt. Het is niet mijn schuld dat hij voorbarige uitspraken doet.'
De wachtcommandant keek om zich heen.
'Waar heb je Vledder gelaten?'
'Die luistert een tape af.'

Jan Kusters maakte een grimas.
'Op het hoofdbureau doen ze niets anders.'
De Cock reageerde niet.
'Verder nog iets?'
De wachtcommandant knikte.
'Er zit boven een vrouw op je te wachten.'
'Een vrouw?'
Jan Kusters raadpleegde een notitie.
'Ene Helen van Haaksbergen, weduwe van de vermoorde Arthur van Wateringen.'

De Cock liet zich op zijn stoel achter zijn bureau zakken en keek Helen van Haaksbergen van terzijde aan. De jonge vrouw droeg, losgeknoopt, een wijde zwarte regenmantel, waaronder een zwarte jersey japon, die haar slanke gestalte volkomen recht deed. Hij plooide zijn mond tot een glimlach.
'Zwart staat u goed,' sprak hij bewonderend.
De ogen van Helen van Haaksbergen schoten vuur.
'Hoe moet ik dit opvatten?' vroeg ze fel. 'Dat ik blij moet zijn met de dood van Arthur?'
De Cock keek haar verwonderd aan.
'Zwart staat u goed,' herhaalde hij sussend. 'Dat meen ik. Zonder enige bijbedoeling.'
Helen liet haar hoofd iets zakken.
'Neem mij niet kwalijk,' sprak ze mat. 'Ik heb sinds de dood van Arthur zulke vervelende reacties gehad, dat ik elke opmerking wantrouw.'
'Wat voor reacties?'
'Daar ga ik liever niet op in.'
De Cock strekte zijn rechterarm naar haar uit.
'Men suggereerde,' schatte hij, 'dat u het overlijden van uw echtgenoot niet betreurde?'
Helen keek dankbaar naar hem op.
'Precies,' beaamde ze. 'Zo is het. De dood van Arthur zou mij goed uitkomen. Zijn heengaan zou mij tot een rijke en invloedrijke vrouw hebben gemaakt. Een status die ik niet verdiende. Ik kreeg anonieme ansichtkaarten toegestuurd met dezelfde opmerking die u maakte: "Zwart staat u goed".'
De Cock glimlachte.

'De negatieve interpretatie is van uzelf.'

Helen knikte.

'Dat besef ik. Misschien ben ik wel te gevoelig.' Ze plukte aan haar jersey japon. 'Dit zwart zou mij tegen aantijgingen moeten beschermen.'

De Cock keek haar onderzoekend aan.

'Bent u gekomen om uw leed te verzachten?'

Helen schudde haar hoofd.

'Ik wil opheldering. Hoever bent u met uw onderzoek gevorderd?'

Dc Cock wrccf mct zijn vlakkc hand ovcr zijn brccd gczicht. Hij vroeg zich af hoe hij zijn aanval op haar het best kon openen.

'Laten we samen eens teruggaan,' begon hij vriendelijk, 'naar die tragische avond toen ik het ontzielde lichaam van uw man in de kelder van zijn winkel aan de Oude Vensterstraat ontdekte. Kort na die ontdekking kwam u ter plekke. U vertelde mij dat u was gebeld door een man aan de overkant van de straat, die u waarschuwde dat er voor de winkel een ambulancewagen stond en dat er vermoedelijk iets met uw man was gebeurd.'

De oude rechercheur zweeg even voor het effect.

'Wij zijn op zoek geweest naar die man... huis aan huis hebben wij daar uitgekamd... maar de mysterieuze man van dat telefoontje hebben wij niet kunnen achterhalen.'

Helen keek hem verwilderd aan.

'Dat moet,' schreeuwde ze onbeheerst. 'Die man was er... die man sprak van een ambulance voor de deur van onze zaak en... '

De Cock onderbrak haar.

'Wij verkeren nu in een dilemma. Was er wel zo'n telefoontje dat u naar de winkel bracht... of wist u uit eigen ervaring wat er met uw man was gebeurd?'

Helen van Haaksbergen boog iets van hem weg.

'Ei... eh, eigen ervaring,' stamelde zij onthutst. 'Ik... eh, ik begrijp u niet.'

De Cock bracht zijn handen naar voren.

'Vermoordde u uw echtgenoot Arthur van Wateringen?' vroeg hij emotieloos. 'Of liet u dat in uw opdracht door een ander doen?'

De oude rechercheur lette scherp op haar reacties. Een moment

was hij ervoor beducht dat Helen van Haaksbergen haar bewustzijn zou verliezen. De kleur gleed van haar gelaat, maar ze herstelde zich snel.
'Uw beschuldigingen raken mij niet,' antwoordde ze trillend. 'Ik ben gewaarschuwd door een man die mij zei dat hij in de Oude Vensterstraat vanaf de overkant van de zaak belde. Dat u zo'n man niet hebt kunnen vinden, bewijst nog niet dat die man er niet was.'
De Cock hoorde haar verweer onbewogen aan.
'Het zou,' sprak hij kalm, 'ter bevestiging van uw relaas beter zijn geweest als wij die man wel hadden gevonden.'
Helen zwaaide met haar armen. Haar wijde zwarte regenmantel gleed van haar ronde schouders over de leuning van haar stoel.
'Die man was er,' schreeuwde ze opnieuw. 'Ik zou zijn stem uit duizenden herkennen.'
'Hoe meldde hij zich?'
Helen aarzelde.
'Met... eh, met mevrouw Van Wateringen?'
'Hij heeft zijn naam niet genoemd?'
'Nee.'
'Bijzondere kenmerken, streek- of stadsgebonden herkenbare accenten?'
Helen zuchtte.
'Daar heb ik niet zo op gelet. Het telefoontje bracht mij in de war. Het schokte mij. Ik ben onmiddellijk in mijn auto gesprongen en...'
De Cock onderbrak haar.
'Kort voor zijn dood meldde uw man aan een jonge vrouw dat uit zijn magazijn haar bronzen sarcofaag met daarop een gestileerde ibis was gestolen.'
'Dat hebt u mij verteld. Die bronzen sarcofaag had Arthur in consignatie.'
'Zijn er bij die diefstal uit het magazijn van uw man nog andere voorwerpen ontvreemd?'
'Zoals?'
'Oesjebti's... beeldjes die u zo liefdevol us-hab-ti's noemde?'
Er gleed een glimlach over het gezicht van Helen van Haaksbergen.
'Dat is niet na te gaan.'

De Cock reageerde verwonderd.
'Waarom niet?'
'Arthur had er een kist vol van.'
De Cock fronste zijn wenkbrauwen.
'Een kist vol?'
'Ja.'
'Ze zijn toch erg kostbaar?'
Helen knikte instemmend
'Dat zijn ze. Vooral gave exemplaren. Om de prijs stabiel te houden, bracht Arthur er slechts zo nu en dan een op de markt. Bij een te groot aanbod zouden de prijzen kelderen.'
'Hoe kwam uw man aan zoveel oesjebti's? Ze zijn toch schaars?'
Helen glimlachte.
'Die heeft Arthur jaren geleden eens voor een habbekrats gekocht van een man die er geen benul van had dat hij met die kist ushabti's een fortuin in zijn bezit had.'
De Cock zweeg. In zijn gedachten ging hij het verhoor van Helen nog even na.
'U moet er wel rekening mee houden,' sprak hij ernstig, 'dat ik u voor de moord op uw man nog steeds als een mogelijke verdachte beschouw en dat ik mijn naspeuringen in die richting zal voortzetten.'
Over het gelaat van Helen gleed een vluchtig lachje.
'U denkt dat ik mijn man heb vermoord?'
De Cock schudde zijn hoofd.
'Ik denk niet dat u uw man Arthur van Wateringen hebt vermoord,' verbeterde hij. 'Ik sluit die mogelijkheid niet uit.'
Helen rechtte haar rug en keek hem meelijwekkend aan.
'Wat anderen ook mogen denken of geloven, ik hield van Arthur. Ons leeftijdsverschil deed daar niets aan af. Ik hield van hem... zielsveel.'
Ze boog zich iets naar voren.
'En zou een vrouw,' vroeg ze liefjes, 'haar goede, kerngezonde man, van wie zij zielsveel houdt, om zeep helpen?'
De Cock keek haar aan. Haar woorden dreunden in zijn hoofd. Het was alsof er plotseling iets in hem knapte. Haar gezicht, haar gestalte, kregen in zijn geestesoog plotseling een duivelse gedaante. De wijde zwarte regenjas op de leuning van haar stoel

veranderde in een satanisch kleed.
'U hield zielsveel van hem?' vroeg hij grimmig.
'Ja.'
'En Arthur van Wateringen was een viriele man... een uitbundig minnaar, die ook al uw lichamelijke wensen bevredigde?'
In de ogen van Helen vonkte argwaan.
'Dat was hij,' antwoordde ze benepen.
De Cock snoof.
'Waarom bracht u dan tijdens uw huwelijk met Arthur van Wateringen vele nachten bij uw ex-man Iwan Terborch door?'
Getergd sprong Helen overeind.
'Heeft Evert u dat verteld?'
De Cock knikte.
'Tot in details, en ik bewonder de geestkracht van uw verscheiden man Arthur van Wateringen, dat hij u daarover nooit om opheldering vroeg.'
Helen viel op de stoel terug. Ze verborg haar gezicht in haar handen.
'Iwan Terborch,' snikte ze, 'is een verschrikkelijk mens. Ik vervloek de dag dat ik hem heb leren kennen. En ik moet in een toestand van totale verstandsverbijstering hebben verkeerd toen ik met hem trouwde. Ik heb u verteld dat hij ettelijke malen heeft gedreigd om Arthur van Wateringen te vermoorden. Het was mijn angst dat hij dat werkelijk zou doen. Ik heb hem gebeden en gesmeekt om mij en Arthur met rust te laten. Dat wilde hij niet... tenzij ik met hem een pact sloot.'
De Cock trok een vies gezicht.
'Een pact?'
Helen knikte.
'Hij zou ons met rust laten als ik eenmaal per maand een nacht met hem doorbracht.'
De Cock staarde haar verbijsterd aan.
'En daar ging u op in?'
Helen kruiste haar armen op het blad van het bureau en liet haar hoofd daarop zakken.
'Ik kon niet anders.'

13

Vledder kneep zijn lippen tot een smalle lijn. Zijn jong gezicht kreeg een uitdrukking van verbeten woede.
'Iwan Terborch!' riep hij verachtelijk. 'Wat een schoft. Een vrouw zo'n vernederende overeenkomst opdringen... onder die voorwaarden. Onvoorstelbaar. Die vent is van de ratten besnuffeld.'
De Cock grijnsde.
'Je doet de ratten onrecht.'
Vledder keek hem vol verwachting aan.
'Gaan we hem arresteren?'
'Waarvoor?'
'De moord op Arthur van Wateringen?'
De Cock schudde zijn hoofd.
'Daar is zo'n gluiperige vent te laf voor.'
'Dat weet je zeker?'
De Cock knikte.
'Ik heb dergelijke typen meer ontmoet. Ten opzichte van vrouwen durven zij zich van alles te permitteren... zijn ze gemeen, laaghartig, gewelddadig...'
Vledder onderbrak hem.
'Je doet er toch wat aan?'
'Ik heb Helen van Haaksbergen kunnen bewegen om aangifte tegen haar ex-man te doen. Om haar weinig bedenktijd te gunnen, heb ik onmiddellijk van haar een uitgebreide verklaring opgenomen. Ik wil niet dat Iwan Terborch zijn straf ontloopt.'
Vledder keek hem verward aan.
'Jij hebt een verklaring opgenomen?' vroeg hij ongelovig. 'Ik dacht dat jij allergisch was voor schrijfmachines.'
De Cock glimlachte.
'Het ging op die elektronische ratelmachine van jou wel niet zo rap... soms vlogen de toetsen onder mijn vingers vandaan... maar het is uiteindelijk een gedegen werkstuk geworden waar zelfs de meest louche strafpleiter geen vinger tussen krijgt.'
'Dat kun je?'
'Nog steeds. Zelfs zonder jouw hulp.'
'En het vervolg?'

'Ik heb contact opgenomen met de zedenpolitie aan het hoofdbureau. Ze waren het met mij eens dat het een zeer ernstig vergrijp was. Iwan Terborch wordt vannacht van zijn bed gelicht.'
Vledder leek gerustgesteld.
'Ben je verder van die Helen van Haaksbergen nog wat wijzer geworden?'
'Ze kon tot mijn spijt niet nagaan of er bij de diefstal van de sarcofaag ook nog enige oesjebti's uit het magazijn van haar man waren ontvreemd. Arthur van Wateringen bezat volgens haar een kist vol van die waardevolle beeldjes.'
'Vind je dat belangrijk?'
De Cock knikte.
'De beide oesjebti's die bij de vermoorde antiquairs werden gevonden, moeten toch ergens vandaan komen. De herkomst kan naar de dader of daderes leiden.'
De oude rechercheur zweeg even.
'Verder houdt Helen van Haaksbergen vol, ondanks jouw onderzoek in de Oude Vensterstraat, dat zij op de avond van de moord werd gebeld door een man die haar vertelde dat er een ambulancewagen voor de deur van de winkel...'
De Cock stokte.
'Wat stond er op de tap?' veranderde hij plotseling van onderwerp.
Het gezicht van Vledder versomberde.
'Het was een bar slechte opname. Veel geruis en gekraak. Er was bijna geen stem te herkennen. Bovendien sprak hij op een vreemde toonhoogte.'
'Het was een man?'
Vledder weifelde.
'Dat vermoed ik. Mijn eerste impressie was dat ik een mannenstem beluisterde. Later ben ik daaraan gaan twijfelen. Ik kreeg de indruk dat degene die belde, zich er plotseling van bewust werd dat hij of zij, dat laat ik dus even in het midden, zijn of haar stem moest verdraaien. Het werd wel een octaaf hoger.'
Vledder zweeg even. De onzekere expressie op zijn gelaat veranderde.
'Maar één ding,' sprak hij ferm, 'bleek uit het opgenomen telefoongesprek zonneklaar. Adriaan Goederijke werd heel geraffineerd naar dat kraakpand in de Marnixstraat gelokt.'

'De lokroep?'
'Een bronzen sarcofaag met een gestileerde ibis.'

De Cock had moeie voeten.
Met een van pijn vertrokken gezicht tilde hij zijn benen omhoog en legde ze heel voorzichtig op zijn bureau. Het was daarbij alsof duizenden kleine duiveltjes met evenzovele spelden geniepig in zijn kuiten prikten. Dat was een slecht teken, wist hij. Telkens wanneer de zaken niet naar wens verliepen, wanneer hij het gevoel had steeds verder van de oplossing weg te drijven, kroop de vermoeidheid in zijn voeten en speelden deze geniepige duiveltjes hun sadistisch spel.
De oude rechercheur ging in gedachten na of zijn onderzoek in de zaak van de vermoorde antiquairs er werkelijk zo slecht voorstond als de plotseling opdoemende duiveltjes in zijn kuiten deden vermoeden. Na ampele overwegingen kwam hij tot de trieste conclusie dat hij geen enkel lichtpuntje kon ontdekken.
Alles was nog net zo duister als op het moment waarop hij het ontzielde lichaam van Arthur van Wateringen in de kelder van zijn winkel vond.
De Cock kneep zijn ogen even stijf dicht en beet op zijn onderlip. De pijnscheuten kwamen in zijn kuiten terug en tekenden zijn gelaat. Vledder keek zijn oude leermeester bezorgd aan.
'Heb je het weer?'
De Cock trok zijn rechterbeen omhoog en tastte naar een pijnlijke kuit. 'Het is een familiekwaal.' Hij zuchtte diep en legde zijn been weer op zijn bureau.
'Mijn oude grootmoeder op Urk had het ook. Zij gebruikte haar kuiten als barometer. Als ze in haar stramme kuiten helse prikken voelde, was er storm op komst en bleef mijn grootvader, die visser was, thuis.'
'En klopte het?'
'Altijd.'
Vledder lachte.
'Was je vader visser?'
De Cock knikte met een somber gezicht.
'Zijn schip verging tijdens een woeste stormnacht. Het was eind november. Moeder had al een sinterklaassurprise voor hem in huis.'

'Waarom ben jij geen visser geworden?'
De Cock zuchtte.
'Mijn vrouw heeft, net als mijn oude moeder, sterke gezonde kuiten.'
Vledder grijnsde.
'Geen waarschuwende barometer om je in de haven te houden.'
'Precies.'
De grijze speurder leunde in zijn stoel achterover en staarde secondenlang nadenkend naar het vergeelde plafond van de grote recherchekamer.
'Adriaan Goederijke,' sprak hij plotseling, 'heeft de dood aan zichzelf te wijten.'
Vledder keek hem verrast aan.
'Hij werd vermoord.'
De Cock knikte.
'Dat was niet nodig geweest.'
'Hij had het kunnen voorkomen?'
'Natuurlijk. Adriaan Goederijke wist dat er een bronzen sarcofaag met een gestileerde ibis bij Arthur van Wateringen was gestolen en dat zijn vriend Arthur daarbij de dood vond. Toen de lokroep hem bereikte, had hij ons moeten waarschuwen. Dan hadden wij de moordenaar kunnen opvangen. Maar Adriaan Goederijke ging op eigen voordeel uit.'
'Het werd zijn dood.'
De Cock schudde zijn hoofd.
'Ik voel ook geen greintje medelijden,' sprak hij somber.
De grijze speurder verzonk weer in gepeins. Hij kneep met duim en wijsvinger in de zijkanten van zijn voorhoofd. Er vonkte iets vanbinnen. Een helder moment, dat de duistere hoeken van zijn brein even fel belichtte. Met een bruusk gebaar nam hij zijn benen van zijn bureau, stond op en slenterde naar de kapstok.
Vledder kwam hem na.
'Je moeie voeten?'
'Over.'
'Waar ga je heen?'
De Cock pakte zijn hoedje en draaide zich half om.
'Naar het Linnaeushof. Antiquair Eduard Harfsen waarschuwen.'

'Waarvoor?'
'Een snelle dood met een stiletto tussen zijn schouderbladen.'
Na het bellen van De Cock deed mevrouw Harfsen de deur van haar woning open en keek de mannen op haar stoep verwonderd aan.
De oude rechercheur lichtte beleefd zijn hoedje.
'Mijn naam is De Cock,' opende hij beminnelijk. 'De Cock met... eh, met ceeooceekaa.' Hij duimde opzij. 'En dat is mijn collega Vledder. Wij zijn als rechercheurs verbonden aan het politiebureau in de Warmoesstraat.'
Het gezicht van mevrouw Harfsen verhelderde.
'Ik weet het,' riep ze blij. 'Inderdaad... van de Warmoesstraat. Mijn man is bij u geweest in verband met de dood van Arthur van Wateringen.'
De Cock knikte.
'Er hebben zich inmiddels nieuwe verwikkelingen voorgedaan en wij...'
Mevrouw Harfsen onderbrak hem.
'U bedoelt de moord op Adriaan Goederijke. Ik heb het gelezen in de krant.'
De Cock wees voor zich uit.
'Mogen we even binnenkomen?'
Mevrouw Harfsen deed een stap opzij, sloot de deur achter hen en ging de rechercheurs voor naar een gezellig ingerichte woonkamer met een kwartet forse houten fauteuils en in het midden, dominant, een monumentale schouw.
Mevrouw Harfsen ging zitten en legde haar handen in haar schoot.
'Het is toch verschrikkelijk wat er met Adriaan is gebeurd,' babbelde ze bezorgd. 'Het was een aardige vent. Mijn man kon goed met hem opschieten.'
De Cock liet zich in een fauteuil zakken en legde zijn hoedje naast zich op het parket.
'Kunnen we uw man even spreken?'
Het gezicht van mevrouw Harfsen betrok.
'Dat zal moeilijk gaan.'
'Hoe bedoelt u?'
'Hij is er niet. Op vakantie.'
'Waarheen?'

Mevrouw Harfsen spreidde haar armen.
'Geen idee. Nadat hij bij u op bezoek was geweest, heeft hij wat spulletjes bij elkaar gepakt en is met zijn motorfiets vetrokken.'
'Een vlucht?'
Mevrouw Harfsen keek hem geschrokken aan.
'Een vlucht?' reageerde ze verwonderd. 'Waarvoor zou mijn man moeten vluchten? Eduard heeft een onrustige ziel. De dood van Arthur van Wateringen had hem nogal aangegrepen. Daar piekerde hij over. Zoiets kan ook mij gebeuren, zei hij.'
'Daar was hij bang voor?'
Mevrouw Harfsen maakte een lichte schouderbeweging.
'Dat... eh, dat heeft hij mij niet gezegd. Wanneer mijn man problemen heeft, dan pakt hij zijn zware motor en trekt er een paar dagen tussenuit. Ik ben dat van hem gewend.'
'U weet niet waar hij zich nu bevindt?'
Mevrouw Harfsen stond van haar fauteuil op en schuifelde naar de schouw. Vanaf een robuuste draagbalk pakte ze een ansichtkaart.
'Die kwam vanmorgen... uit Goslar in de Harz. Het poststempel is van eergisteren.'
De Cock nam de kaart van haar over en bekeek het poststempel en de adressering.
'Het handschrift van uw man?'
'Absoluut.'
De oude rechercheur liet de ansichtkaart in een zijzak van zijn colbert glijden.
'Uw man vertelde mij dat Arthur van Wateringen op de dag dat hij vermoord werd gevonden nog bij u op bezoek was.'
Mevrouw Harfsen ging weer in haar fauteuil zitten en knikte.
'Arthur van Wateringen wilde van Eduard weten wat die dacht van de prijs die hij voor een bronzen sarcofaag moest betalen... voor het geval dat de aanbiedster die aan hem wilde verkopen.'
'Hebt u die sarcofaag gezien?'
Mevrouw Harfsen glimlachte.
'Ik heb hem zelfs nog even in handen gehad.'
'Wat schatte u dat hij waard was?'
'Ik ben geen expert.'
'Uw man sprak van tienduizend gulden.'
'Dat is toch veel geld voor zo'n oud ding?'

De Cock liet het onderwerp rusten.
'Heeft uw man als antiquair recentelijk nog spectaculaire aanbiedingen gehad?'
'Wat bedoelt u met recentelijk?'
'Na de dood van Arthur.'
Mevrouw Harfsen keek hem wat wazig aan.
'Ik kreeg gisteravond laat... ik was net thuis van een bezoek aan mijn moeder... nog een telefoontje van iemand die zei dat hij een mooi antiek stuk te koop had. Of wij interesse hadden.'
De Cock fronste zijn wenkbrauwen.
'Werd er gezegd om wat voor een mooi stuk antiek het ging?'
Mevrouw Harfsen schudde haar hoofd.
'Ik ben er ook niet op ingegaan. Ik zei dat mijn man op vakantie was en dat hij over een paar dagen maar eens moest terugbellen.'
'Het was een man?'
'Ja, zeker.'
'Heeft hij zijn naam genoemd?'
Mevrouw Harfsen schudde haar hoofd.
'Daar heb ik ook niet naar gevraagd. Het was maar een kort gesprek.'
'Kunt u zijn stem herkennen?'
Mevrouw Harfsen knikte nadrukkelijk.
'Zeker. Ja, zeker.'
De Cock glimlachte.
'Dat klinkt overtuigend. Was die stem zo bijzonder?'
Mevrouw Harfsen gebaarde naar de telefoon.
'Ik heb die stem later nog eens opnieuw gehoord.'
De Cock keek haar verrast aan.
'Opnieuw?'
Mevrouw Harfsen knikte.
'Op ons antwoordapparaat. De man had zich die avond al eerder gemeld.'

Vledder stapte achter het stuur van de Golf. Hij hield een kleine cassette omhoog.
'Wat moet ik met dat bandje uit het antwoordapparaat?'
De Cock kroop naast hem.
'Wees er voorzichtig mee. Ik wil niet dat het beschadigt.'

Vledder reageerde geprikkeld.
'Wat moet ik ermee?'
'Je brengt mij terug naar de kit. Ik moet nog wat uitzoeken. Jij gaat met dat bandje naar het hoofdbureau en je vraagt of men daar een expert kent die de stem van dit bandje kan vergelijken met de stem van de tap op de telefoon van wijlen Adriaan Goederijke.'
'Kan dat?'
'Zeker.'
'Verwacht je daar wat van?'
De Cock knikte.
'Als de stem gelijk is, zijn we een stuk verder.'
'Hoe?'
De Cock antwoordde niet. Hij stak gebarend zijn rechterwijsvinger omhoog.
'Ook ontbied je,' ging hij gebiedend verder, 'Helen van Haaksbergen aan het hoofdbureau van politie en laat haar naar zowel de slechte opname van de tap als naar de stem op het bandje van het antwoordapparaat van Eduard Harfsen luisteren.'
'En dan?'
'Dan meld je mij het resultaat.'
Vledder startte de motor van de Golf en reed van het Linnaeushof weg. Het regende nog steeds. Vette druppels kletterden op de voorruit. De jonge rechercheur staarde mokkend voor zich uit op de weg. Het ergerde hem dat hij de gedachtegang van De Cock niet kon volgen. Maar hij voelde zich te trots om een nadere uitleg te vragen. Grommend zette hij de ruitenwissers aan.
'Vind je het niet vreemd,' probeerde hij, 'dat Eduard Harfsen plotseling op vakantie is gegaan?'
'Wat is daar voor vreemds aan?'
Vledder keek hem van terzijde verwonderd aan.
'Jij sprak zelf van een vlucht?'
De Cock knikte.
'Ik was benieuwd naar de reactie van mevrouw Harfsen.'
Een tijdje reden ze zwijgend verder. Voor het stoplicht aan het eind van de Muiderstraat keek Vledder opzij naar De Cock, die voor de zwiepende ruitenwissers onderuit was gezakt.
'Denk je werkelijk dat Eduard Harfsen net als Arthur van Wa-

teringen en Adriaan Goederijke gevaar loopt om vermoord te worden?'
'Dat denk ik.'
'Waarom?'
'Daarover heb ik nog geen absolute zekerheid.'
'Weet... of vermoedt Eduard Harfsen dat hij gevaar loopt?'
'Daar ben ik vrijwel zeker van.'
'Wij behoeven ons over hem geen zorgen te maken. Hij zit veilig in Goslar.'
De Cock keek naar hem op.
'Zit hij daar?'
Vledder toonde verwondering.
'Natuurlijk. Jij hebt zelf die ansichtkaart van hem in je zak gestoken.'
De Cock schudde zijn hoofd.
'Dat is een oude truc.'
'Truc?'
De Cock knikte.
'Men schrijft hier in Amsterdam een ansichtkaart uit met de naam en het adres van iemand die men op een dwaalspoor wil brengen en geeft die kaart aan een of andere vriend of kennis mee met het verzoek om die in Goslar te posten.'
De oude rechercheur grinnikte vergenoegd.
'Daar trap ik niet meer in.'

14

Vledder gromde.
'Wat ben je vreemd bezig.'
'Hoezo?'
'Dit is onze wagen niet.'
De Cock schudde zijn hoofd.
'Fred Prins rijdt met onze Golf. Deze wagen heb ik van het hoofdbureau geleend.'
De jonge rechercheur blikte om zich heen.
'Waar zijn we hier?'
'In de stad Medemblik.'
'Stad?'
De Cock knikte.
'Beledig de mensen hier niet en noem Medemblik geen dorp.'
Vledder duimde over zijn schouder.
'En dat fraaie gebouw daar?'
De Cock glimlachte vertederd.
'Het schitterend gerestaureerde kasteel Radboud, omgeven door een prachtige slotgracht. Floris de vijfde stichtte hier in 1288 een dwangburcht tegen de opstandige West-Friezen en schonk Medemblik in 1289 als eerste West-Friese plaats stadsrechten.'
Hij blikte opzij.
'Heb jij op school geen geschiedenis gehad?'
Vledder schudde zijn hoofd.
'Mijn meester zei dat hij geen zin had om oude koeien uit de sloot te halen.'
'Een stomme meester. Door het verleden leer je het heden begrijpen.'
De jonge rechercheur reageerde niet. Hij zwaaide om zich heen.
'Dit is een intiem parkeerplaatsje.'
De Cock knikte.
'De enige parkeerplaats die ik ken, waar het gras tussen de stenen groeit. Maar het is een ideale plek. Onze wagen valt hier niet op en daar boven vanaf het bankje op de dijk heb je een prachtig uitzicht over het IJsselmeer en de mond van de haven van Medemblik. Ik kan mij geen betere ontmoetingsplaats voorstellen.'

'Voor wie?'
'Antiquair Louis Bovenkerk en zijn moordenaar.'
'Gaan wij die hier ter plekke ontmaskeren?'
De Cock maakte een grimas.
'Dat hoop ik. Appie Keizer en Fred Prins verwacht ik hier elk ogenblik. Als zij met hun wagen de smalle dijk afsluiten, krijgt de moordenaar geen kans om te ontsnappen... tenzij hij te voet in de richting van het kasteel vlucht, maar dan komt hij niet ver.'
Vledder verzonk in gepeins.
'Ken jij die Louis Bovenkerk?'
De Cock knikte.
'Terwijl jij met de stemanalyses bezig was, heb ik hem opgezocht. Hij woont sinds kort op een boerderij in Oostwoud. Dat is hier pal bij. Zoals ik verwachtte, had ook Bovenkerk telefonisch een aanbod gekregen voor de aankoop van een bronzen sarcofaag met een gestileerde ibis. Ik heb hem geadviseerd om op het aanbod in te gaan en deze plek als ontmoetingsplek te kiezen.'
'En daar ging hij op in?'
'Na veel moeite.'
Niet ver van hen vandaan zette een man zijn fraaie rode Peugeot break vier-nul-zes op de parkeerplaats, stapte uit en liep via een houten trap naar de dijk en ging op een bankje zitten. Hij nam uit zijn zak een verrekijker en tuurde naar de zeilboten op het IJsselmeer.
Vledder wees door de voorruit.
'Is dat hem?'
De Cock knikte.
'Louis Bovenkerk.'
'Als de moordenaar toesteekt... hoe kun je hem beschermen?'
'Hij heeft een ijzeren plaat op zijn rug. Bovendien houden we hem in het zicht en kunnen als het nodig is direct ingrijpen.'
Appie Keizer schuifelde het parkeerplaatsje op en liep op hun wagen toe. De Cock draaide zijn raampje open.
'Zijn we op tijd?'
De oude rechercheur blikte op zijn horloge.
'We hebben nog minstens tien minuten.'
Schuin achter hen in de begroeiing die het parkeerplaatsje om-

gaf, stierf het ronkend geluid van een motor weg. Een man in het leer en een witte helm op zijn hoofd liep aan hun wagen voorbij en slofte naar de houten trap die naar de dijk voerde. Boven aan de dijk bleef hij even staan. Uit de rechtermouw van zijn lederen jack gleed een stiletto naar zijn hand.
Vledder stapte uit en gilde. Een moment leek de man besluiteloos, toen stormde hij de trap af, wierp Vledder tegen de grond en rende langs de wagen van De Cock. Kort daarna startte een motor en reed van het intieme parkeerplaatsje naar de dijk.
Vledder rende hem na en verdween uit het zicht.
Appie Keizer keek De Cock beteuterd aan.
'Wat doen we?'
De Cock kwam uit de wagen.
'Wachten. Vledder zal wel bij Fred Prins in de wagen zijn gestapt. Ze zullen hem op de dijk beslist inhalen en arresteren.'
Na een paar minuten werd De Cock onrustig.
'We moeten toch maar even gaan kijken,' sprak hij nerveus.
Met Appie Keizer aan het stuur reden ze van het parkeerplaatsje weg de smalle dijk op. Bij de Vlietsingel reden ze verder in de richting van Wervershoof.
Plotseling riep De Cock: 'Stop.'
Onder aan de dijk, half in een sloot, lag een verkreukelde Golf. Fred Prins krabbelde half dizzy op handen en voeten langs de dijk omhoog. De Cock stormde vanuit de wagen langs hem heen en liet zich in paniek op zijn kont langs de gladde steile dijk zakken.
Aan de rand van de sloot lag Vledder met gesloten ogen. Over hem heen boog een motorrijder. Hij had zijn witte helm afgezet. De schaduw van een doorbrekende baard kleurde zijn gezicht asgrauw.
De oude rechercheur herkende hem.
'Cornelis van der Graft,' riep hij hijgend. 'Wat doe jij hier?'
De motorrijder gebaarde naar de roerloze Vledder aan de rand van de sloot.
'Moet ik die jongen laten verzuipen?'

15

Na een bescheiden bellen deed De Cock deed de deur van zijn woning open. Op de stoep, in het schaarse licht van de portieklamp, stond Vledder. Zijn hoofd zat in het verband. De jonge rechercheur zag inbleek en hij had donkere wallen onder zijn ogen.
De Cock keek hem schattend aan.
'Je lijkt wel een oliesjeik met die torenhoge tulband om je hoofd.'
Om de lippen van Vledder gleed een matte grijns.
'Zo voel ik me niet,' verzuchtte hij. 'Integendeel. Het bonst alsof de laatste druppel spirit uit mijn lijf is geperst.'
'Geen energie meer?'
'Weinig.'
'Licht in het hoofd?'
Vledder knikte traag.
'Een beetje. Soms lijkt het alsof ik zweef... of mijn voeten de grond niet raken.'
'Was toch thuisgebleven.'
Vledder schudde zijn hoofd.
'Ik ben nieuwsgierig.' antwoordde hij opstandig. 'Ik wil weten wat jij over de moorden op de antiquairs hebt te vertellen. Jouw uitleg is vaak verrassend. Net zo verrassend als Cornelis van der Graft op een motor. Ik bezweer het je, ik dacht dat ik achter Eduard Harfsen aan zat.'
De Cock plukte aan zijn neus.
'Begrijpelijk. Een verwachtingspatroon. Van zijn vrouw wist je dat Eduard Harfsen op een motor reed. Dus een man op een motor is Harfsen.'
Vledder knikte.
'Ik had niemand anders in gedachten.'
De Cock glimlachte.
'Er zijn meer mensen die zo'n vurig monster beheersen. Van der Graft is er een van.'
De oude rechercheur deed een stap opzij.
'Kom erin. Appie Keizer en Fred Prins zitten binnen al breeduit op de bank en vertellen mijn vrouw de meest wilde episodes uit

hun loopbaan. Het ene verhaal nog spannender dan het andere.'
'Hoe is het met Fred?'
De Cock spreidde zijn handen.
'Hij is er beter van afgekomen dan jij. Fred is alweer aan het werk. Ik heb alleen Ann, zijn jonge Ierse vrouw, aan de telefoon gehad. Ze was woest dat Fred in die tuimelende Golf een paar schaafwonden had opgelopen. Ze schold mij opnieuw uit voor "dangerous old man" en zei ervoor te zorgen dat Fred mij nooit meer in acties zou bijstaan.'
Vledder knikte.
'Ze heeft gelijk. Je raakt met jou altijd in de problemen.'
De Cock liet zijn hoofd zakken.
'Zou je bij mij weg willen?'
Vledder keek naar hem op. De doffe blik verdween. Zijn ogen twinkelden weer even.
'Voor geen goud.'
De Cock keek hem dankbaar aan. Het gezicht van de oude rechercheur versomberde plotseling.
'Ik vrees dat onze oude Golf niet meer in ons midden terugkeert. Hij zag er bedroevend uit. Vol deuken en butsen.'
Er kwam een bescheiden lachje op het gezicht van Vledder.
'Die oude rammelpot,' grinnikte hij. 'Het werd tijd. Hij was nodig aan vervanging toe.'
De Cock trok een grijns.
'Het doet me toch wat. Toen onze oude trouwe kever werd opgedoekt, had ik er ook hartzeer van. Ik raak aan dingen gehecht. Zo'n oude kar gaat voor mij leven... wordt een deel van mijzelf.'
'Je bent een sentimentele oude dwaas.'
De Cock draaide zijn hoofd iets weg.
'Misschien wil ik dat wel blijven.' Hij gebaarde in de gang voor zich uit. 'Ik heb dit keer ook Jan Rozenbrand uitgenodigd.'
'Die wij in het kraakpand bij het lijk van Adriaan Goederijke troffen?'
De Cock knikte.
'Hij is een van onze betere dienders.'
Vledder sjokte achter De Cock aan.
'Een vreemde vent, die Cornelis van der Graft. Hij moet gezien hebben dat Fred en ik met de Golf van de dijk af tuimelden. Hij kwam met zijn motor terug om mij uit de sloot te trekken.'

'Misschien was dat je redding wel.'
Vledder staarde voor zich uit.
'Hoelang ben ik buiten westen geweest?'
'Wel een paar minuten, schat ik.'
'Lang genoeg om in die sloot te verzuipen.'
De Cock knikte.
'Tenzij Fred Prins je op tijd had ontdekt.'
Vledder schudde zijn hoofd.
'Dat zat er niet in. Die was zelf ook dizzy.'
De jonge rechercheur leunde even tegen de gangmuur.
'Een vreemde gedachte, dat ik mijn leven aan die Cornelis van der Graft heb te danken.'
'Vreemd?'
Vledder zuchtte.
'Een man... eh,' sprak hij aarzelend, 'een man die toch een paar gruwelijke moorden op zijn geweten heeft.'
De Cock gebaarde achteloos.
'Ook een mens, gewoon een mens, die jou in levensgevaar zag en even zijn eigen veiligheid vergat. Dat... eh, dat is toch mooi.'
Vledder wreef over zijn kin.
'Ik moet aan die gedachte wennen. Moordenaars zijn voor ons alleen maar vijanden. Moet ik hem voor zijn daad bedanken?'
De Cock knikte.
'Dat zou ik maar doen.'
'Heb je hem gearresteerd?''
'Die Van der Graft?'
'Ja.'
De Cock schudde zijn hoofd.
'Dat was niet nodig. Ik denk ook dat ik een tijdje wacht voor ik de bijzonderheden over deze zaak aan de openbaarheid prijsgeef.'
'Waarom?'
'Van der Graft is opgenomen in het Antonie van Leeuwenhoek Ziekenhuis.'
Vledder keek hem verrast aan.
'Heeft hij ook letsel opgelopen?'
'Letsel,' herhaalde hij toonloos. 'Zo wordt dat niet genoemd. De doktoren geven hem nog twee, drie maanden. Niet veel langer. Cornelis van der Graft lijdt aan een agressieve vorm van kanker.'

Vledder fronste zijn wenkbrauwen. 'Kanker?'
'Ja.'
'Sinds wanneer?'
'Hij kent de uitslag van het onderzoek net een week of drie. Aanvankelijk was hij er kapot van. De gedachte aan zijn dood... zo nabij... was voor hem ondraaglijk. Dagenlang leefde hij met de gedachte aan zelfmoord. Tot hij tot de overtuiging kwam dat hij nog een missie had te vervullen.'
'Een missie?'
De Cock reageerde niet. Hij deed de deur van de huiskamer open. Appie Keizer en Fred Prins sprongen van de bank omhoog en drukten Vledder de hand. Ze streelden zijn wangen en voelden aan zijn lijf.
'Je bent heel... helemaal heel.'
Vledder tastte naar het verband om zijn hoofd.
'Hier gonst het nog.'
Mevrouw De Cock kwam tussenbeide, duwde Appie Keizer en Fred Prins weg en leidde Vledder naar een brede fauteuil.
De jonge rechercheur maakte een verontschuldigend gebaartje.
'Ik heb niet aan rozen gedacht.'
Mevrouw De Cock lachte hem vriendelijk toe.
'De volgende keer... wanneer je er weer eens zonder kleerscheuren van afkomt.'
De Cock pakte een verrukkelijke fles Franse cognac en schonk die in diepbolle glazen. Hij deelde de glazen rond.
Bij Jan Rozenbrand bleef hij even staan.
'Welkom bij ons slotakkoord.'
Fred Prins hield zijn glas omhoog.
'Voor welk karretje heb je ons nu weer gespannen?'
De Cock grijnsde.
'De naam van dat karretje,' sprak hij bitter, 'is onveranderd. Het is verwonderlijk dat er nog mensen zijn zoals wij... die dat karretje willen trekken. Bijna niemand gelooft er meer in.'
Mevrouw De Cock keek hem bestraffend aan.
'Jurrian,' sprak ze strak, 'blijf positief.'
De Cock knikte gedwee.
'Het karretje der gerechtigheid.' De oude rechercheur grinnikte. 'Het gammele vehikel rijdt nog.'
Appie Keizer wuifde geïrriteerd.

'Geen gezeur... het verhaal.'
De Cock leunde in zijn fauteuil achterover.
'Het begint bij Fredericus Gerardus van der Graft.'
Appie Keizer grinnikte.
'Wie is dat?'
'De grootvader van de man die meende dat vier mannen niet meer het recht hadden om te leven.'
Vledder fronste zijn wenkbrauwen.
'Vier?'
De Cock knikte.
'Alle leden van het vierspan.'
Appie Keizer appelleerde opnieuw.
'Terug naar Fredericus Gerardus van der Graft.'
De Cock knikte.
'De grootvader van Cornelis was een avontuurlijke vent. Nadat hij enige jaren matroos op de wilde vaart was, belandde hij in Egypte en sloot zich in het begin van de jaren twintig aan bij de groep mannen die de archeologen Lord Carnarvon en Howard Carter behulpzaam waren bij het vinden van het graf van Toetanchamon in het Dal der Koningen op de westelijke Nijloever.
Toen dat graf werd gevonden, raakte iedereen gebiologeerd door de mummie met zijn gouden portretmasker, de gouden doodkist waarin hij lag, ingelegd met halfedelstenen, faience* en gekleurd glas. Ieders belangstelling ging uit naar de ware kunstschatten in de grafgewelven.
Zo niet Fredericus Gerardus van der Graft. Hij vond overal van die kleine onooglijke beeldjes, waarvoor niemand enige interesse had.'
De ogen van Vledder lichtten op.
'Oesjebti's.'
De Cock knikte. Hij gebaarde naar Appie Keizer, Fred Prins en Jan Rozenbrand. 'Ik leg jullie later wel uit wat dat voor beeldjes zijn.'
Hij nam een slok van zijn cognac.
'Hoe Fredericus Gerardus van der Graft kans heeft gezien om een kist vol van deze oesjebti's naar Nederland te smokkelen, zal wel

* Fijn geglazuurd aardewerk.

altijd een raadsel blijven. Vermoedelijk is hij daarbij geholpen door matrozen van de wilde vaart, die hij van vroeger kende.'
De Cock zweeg even.
'De prelude.'
Appie Keizer keek hem niet-begrijpend aan.
'Prelude?'
De Cock knikte.
'Het voorspel van hetgeen later volgde. De kist met oesjebti's verdween naar de stoffige zolder van zijn huis in Culemborg. Fredericus Gerardus van der Graft kwam tijdens een plezier-tocht over de Zuiderzee om het leven. Hij viel op onverklaarbare wijze overboord en verdronk.'
Vledder slikte.
'De vloek.'
De Cock reageerde niet.
'De kist met de onooglijke oesjebti's, inmiddels gestegen tot een onschatbare waarde, werd tientallen jaren later min of meer bij toeval gevonden door zijn kleinzoon Cornelis van der Graft, die het huis in Culemborg van zijn grootvader had geërfd. De jongeman kende de waarde van zijn vondst niet. Hij maakte een van de beeldjes schoon, reisde ermee naar Amsterdam en liet het zien aan de antiquair Arthur van Wateringen.'
Fred Prins knikte.
'En die zag wel de waarde van het beeldje in.'
De Cock zuchtte.
'Arthur van Wateringen speelde het spelletje dat hij en zijn vierspan al jaren speelden. Hij stuurde Van der Graft met het beeldje naar Adriaan Goederijke en die verwees hem naar de Egyptische expert Eduard Harfsen, die op zijn beurt Louis Bovenkerk inschakelde.
En allen, ingelicht door Arthur van Wateringen, verklaarden glashard dat het beeldje geen enkele waarde vertegenwoordigde en dat dus de hele kist met oesjebti's, die hij op de zolder van zijn oude grootvader had gevonden, waardeloos was. Uiteindelijk toonde Arthur van Wateringen zich bereid om de kist met stoffige oesjebti's voor een luttel bedrag van Van der Graft te kopen.'
Appie Keizer snoof.
'Schoften.'
De Cock knikte.

'Maar dat wist Cornelis van der Graft niet. Dat ontdekte hij later.'
'Hoe?'
'De jongeman kreeg door zijn kortstondige connectie met genoemde antiquairs interesse voor antiek, bekwaamde zich daarin en werd veilingmeester bij veilinghuis De Hoop aan het Karthuizersplantsoen.
Langzaam drong bij Cornelis van der Graft het besef door dat het vierspan hem op een verschrikkelijke manier om de tuin had geleid en benadeeld... dat de rijkdom waarmee ze zich omgaven... grotendeels afkomstig was van de schat op de zolder van zijn verongelukte grootvader in Culemborg.'
Fred Prins boog zich naar voren.
'Hij zon op wraak?'
'Niet direct. Hij wachtte op zijn kans. Als veilingmeester van De Hoop kwam Cornelis van der Graft regelmatig in contact met genoemde antiquairs.'
'Werd hij niet herkend?'
De Cock schudde zijn hoofd.
'Van der Graft was jaren ouder geworden en van gedaante veranderd. Ze hebben nooit beseft dat hij de vroegere verkoper van de oesjebti's was. Cornelis van der Graft bemerkte dat het vierspan nog steeds schaamteloos profiteerde van de onkunde van de mensen die antiek ter verkoop aanboden.'
Fred Prins gebaarde om aandacht.
'Wanneer kwam zijn kans?'
'Toen een jonge vrouw een bronzen sarcofaag erfde en die het veilinghuis De Hoop aanbood om het stuk voor haar te verkopen.'
Fred Prins trok zijn neus op.
'Dat snap ik niet.'
De Cock glimlachte.
'Het was een waardevol stuk. Cornelis van der Graft zag daarin mogelijkheden om de antiquairs met hun eigen hebzucht te confronteren.'
Vledder keek hem verwonderd aan.
'Hij dacht niet aan moord?'
De Cock schudde zijn hoofd.
'Die gedachte kwam pas bij hem op toen hij van zijn doktoren

vernam dat hij door zijn ziekte niet lang meer te leven had.'
'Een straffeloze moord.'
De Cock knikte.
'We hebben een dergelijk motief,' sprak hij plechtig, 'al eerder behandeld.'*
De oude rechercheur zweeg even. De lange uiteenzetting had hem iets vermoeid.
'Door zijn veelvuldige bezoeken aan de zaak van Van Wateringen,' ging hij verder, 'kende Van der Graft het interieur. Tevens had hij kans gezien om een wasafdruk van de sleutel van de toegangsdeur te maken. Met een nagemaakte sleutel ging hij op een avond naar de Oude Vensterstraat, nam de bronzen sarcofaag weg en legde die in zijn auto. Daarna lokte hij Van Wateringen naar zijn winkel met de mededeling dat hij belangstelling voor de sarcofaag had.
Toen Arthur van Wateringen was gekomen, meldde Van der Graft zich als de man die hem had gebeld.
Arthur van Wateringen wilde de sarcofaag aan Van der Graft tonen en kwam toen tot de ontdekking dat het kunstvoorwerp uit zijn kelder was verdwenen en meldde de vermissing telefonisch aan Elisa van Oldekerke.'
Vledder keek hem vragend aan.
'Van der Graft was toen nog in de zaak?'
De Cock knikte.
'Hij stelde Arthur van Wateringen voor om nog eens goed in de kelder te gaan kijken of de sarcofaag werkelijk was verdwenen.'
'Toen stak hij hem neer?'
De Cock zuchtte diep.
'Na zijn daad pakte hij een paar oesjebti's uit de kist in de kelder, zette een ervan bij het lijk van Van Wateringen en verdween... nadat hij eerst Helen van Haaksbergen had gebeld dat er een ambulancewagen voor de deur van de winkel stond.'
Vledder fronste zijn wenkbrauwen.
'Waarom?'
'Om ons op een dwaalspoor te brengen. Hij had gehoopt dat wij haar bij het lijk van Van Wateringen zouden aantreffen en daar-

* Zie: *De Cock en de dode harlekijn*

uit zouden opmaken dat zij haar man had vermoord. Ze had een redelijk motief.'
Vledder zuchtte.
'En Adriaan Goederijke?'
De Cock spreidde zijn handen.
'Simpel. Hij belde hem op en zei dat hij de bronzen sarcofaag die bij Arthur van Wateringen was gestolen, te koop had. Op de voorwaarde dat hij anoniem bleef en dat er geen vragen zouden worden gesteld, kon Goederijke de sarcofaag voor een zacht prijsje van hem krijgen.'
Vledder grijnsde.
'Goederijke ging akkoord.'
De Cock knikte.
'Van der Graft werd bij zijn daad bijna overlopen door David van Wateringen, maar hield zich een etage hoger schuil.'
Vledder snoof.
'Zodat hij later een oesjebti als symbool bij het lijk van Goederijke kon zetten.'
'Precies.'
'De derde, Eduard Harfsen, ontliep de dood door op tijd op vakantie te gaan.'
De Cock knikte.
'Hoe het met Louis Bovenkerk afliep, hebben jullie zelf kunnen ervaren. Ik zocht hem op en zei hem op een telefonisch aanbod van de moordenaar in te gaan. Als ontmoetingspunt koos ik de dijk bij het kasteel Radboud in Medemblik. Ik dacht dat ik vandaar met jullie hulp de zaak wel onder controle kon houden.'
De oude rechercheur wreef met de rug van zijn hand langs zijn drooggeworden lippen.
'Ik heb er geen moment aan gedacht dat Cornelis van der Graft op een motor zou komen.'
Vledder boog zich naar voren.
'Hoe wist je dat het Cornelis van der Graft was?'
De Cock trok zijn schouders op.
'Niet zo moeilijk... de telefoontjes. De experts, zoals jij weet, zeiden dat de stem van de tap en de stem op het bandje uit het antwoordapparaat van Eduard Harfsen identiek waren. Helen van Haaksbergen herkende beide stemmen als die van de man die haar op de avond van de moord op haar echtgenoot belde.'

'Het kon toch nog een andere man zijn?'
De Cock schudde zijn hoofd.
'Buiten de antiquairs van het vierspan was Cornelis van der Graft de enige *man* die alles van de bronzen sarcofaag wist. Daarom was ik er zo op gebrand om te weten of de gebruikte stem als die van een *man* kon worden herkend. Bovendien had Van der Graft een emotionele relatie tot oesjebti's. Dat gold niet voor de zonen van Van Wateringen.'
De Cock zakte in zijn fauteuil terug. De oude rechercheur was blij dat zijn relaas ten einde was. Hij schonk nog eens in en liet de cognac langs zijn dorstige keel glijden.
Niemand vroeg meer wat. Mevrouw De Cock stond op, liep naar de keuken en kwam terug met schalen vol lekkernijen. Langzaam gleden de vermoorde antiquairs uit hun gedachten. De gesprekken werden algemener en geanimeerder.
Het was al vrij laat toen de jonge rechercheurs en Jan Rozenbrand door de cognac wat luidruchtig afscheid namen.
Toen ze met veel armgezwaai waren vertrokken, schoof mevrouw De Cock een poef bij en ging pal voor haar man zitten.
'Hoe voel je je?'
'Wat vermoeid.'
'Ik heb de hele avond op een vraag zitten wachten.'
De Cock glimlachte.
'Welke?'
'Waar is de bronzen sarcofaag gebleven?'
De Cock trok zijn schouders op.
'Dat weet ik niet.'
Mevrouw De Cock keek hem wantrouwend aan.
'Echt niet?'
De oude rechercheur gleed met zijn vlakke hand langs zijn breed gezicht.
'Ik heb Cornelis van der Graft er niet naar gevraagd en ik zal dat zolang hij leeft ook niet doen.'
'Is dat niet belangrijk?'
De Cock schudde zijn hoofd.
'Voor mij niet.'
'Voor wie wel?'
De oude rechercheur weifelde even.
'Voor een knappe jonge vrouw die tijdens een intiem moment

een zoen op mijn wang drukte.'
Mevrouw De Cock glimlachte.
'Deed ze dat?'
De oude rechercheur knikte traag.
'Elisa van Oldekerke is mooi, lief, arm en wil haar eigendom niet terug. Ik denk dat het mij wel lukt om Cornelis van der Graft te bewegen het geheim van de sarcofaag mee in zijn graf te nemen.'

16

Met zijn handen diep in de zakken van zijn oude regenjas sjokte De Cock over het grindpad van Zorgvlied. Gedreven door een vreemde impuls had hij besloten om in zijn eentje de begrafenis van Arthur van Wateringen bij te wonen. Zolang Vledder nog een tulband droeg, voelde hij weinig voor een nieuw avontuur. Bij de ingang van de aula zag hij de fragiele gestalte van Helen van Haaksbergen. Ze droeg een wijde donkere mantel en een modieus hoedje met een voile.

De Cock liep op haar toe.

'Zonder bijbedoelingen,' sprak hij vriendelijk, 'zwart staat u goed.'

Helen van Haaksbergen keek hem verwonderd aan.

'U komt voor de begrafenis van Arthur?'

De Cock knikte.

'Tenzij u bezwaren heeft?'

Helen van Haaksbergen schudde haar hoofd.

'U bent de enige die belangstelling toont. Zelfs zijn beide jongens laten verstek gaan.'

'U bent nog steeds niet geaccepteerd?'

Helen van Haaksbergen schudde haar hoofd.

'Dat deert mij niet. Ik voel geen schuld.' Ze keek om zich heen. 'Ze hebben mij gevraagd om hier te wachten. Ze zullen Arthur vanaf de aula naar zijn graf dragen. Loopt u mee?'

De Cock knikte.

'Aan uw zijde.'

'Hebt u al vorderingen gemaakt met uw onderzoek?'

'Ik weet inmiddels wie uw man heeft vermoord.'

'Waarom?'

De Cock ontweek de vraag.

'Uw man was geen brave borst.'

Helen van Haaksbergen reageerde fel.

'Kent u kooplieden met een brave borst?'

De Cock knikte.

'Niet iedere koopman gebruikt in zaken list en bedrog.'

'Die ben ik nog nooit tegengekomen.'

De Cock liet het onderwerp rusten.

Uit de aula kwamen zes dragers met op hun schouders een met bloemen bedekte baar. De Cock nam zijn hoedje af. Met Helen van Haaksbergen aan zijn zijde sjokte hij achter de dragers aan. Ze tilde haar voile iets op.
'Arthur was voor mij een lieve man,' sprak ze bedekt. 'Dat telt voor mij. Niets anders. Hij schonk mij liefde en een warmte die tintelde op mijn huid... ook als hij mij niet aanraakte. En zoveel liefde heb ik in mijn leven niet gekend.'
Plotseling blikte ze opzij. Haar gezicht stond ernstig.
'Gelooft u in een hiernamaals?'
De Cock knikte vaag.
'Al weet ik niet precies hoe ik mij dat moet voorstellen. Een hemel met veel blauw en engelen... verdiende stoeltjes, die voor mij klaarstaan omdat ik braaf was, of omdat eens Onze-Lieve-Heer voor mij stierf?'
Hij pauzeerde even. Nadenkend.
'De nabijheid van God lijkt mij voldoende.'
Helen van Haaksbergen glimlachte om de uiteenzetting.
'In het oude Egypte geloofde men in een reis naar een land waar de doden werden voorgesteld aan de Osiris, de eeuwige god, van wie elke Egyptenaar deelgenoot hoopte te worden. Het was een lange, verschrikkelijke dodenreis vol gevaren, waarvoor men goed diende te worden toegerust.'
De Cock trok zijn schouders op.
'Ik heb mij daar nooit zo in verdiept.'
Voor hen uit wipte een zonnestraal door het gebladerte en gleed over de met bloemen bedekte baar.
'Arthur redt het,' sprak ze beslist. 'Arthur redt het. En wat anderen ook van hem mogen denken... hij verdient dat hij het redt.'
De Cock zweeg. Een discussie leek hem zinloos.
Bij het graf namen de dragers de kist van hun schouders. De oude rechercheur wees ernaar.
'Wat redt Arthur?' vroeg hij belangstellend.
Helen van Haaksbergen boog zich iets naar hem toe.
'De reis... de reis naar Osiris. Arthur is goed toegerust.'
'Hoe?'
Ze hield haar mond dicht bij zijn oor.
'Toen Arthur thuis stond opgebaard,' fluisterde ze zacht, 'heb

ik uit de kist in de kelder van het antiquariaat stiekem tien ushabti's met een opzichter in zijn doodkist gestopt. Zij zullen hem bijstaan.'

De Cock dacht even na en knikte haar toen bemoedigend toe.

'Arthur,' sprak hij ernstig, 'Arthur redt het.'

De volgende boeken van Baantjer zijn bij de Fontein verschenen:

1 1963 De Cock en een strop voor Bobby
2 1965 De Cock en de wurger op zondag
3 1965 De Cock en het lijk in de kerstnacht
4 1967 De Cock en de moord op Anna Bentveld
5 1967 De Cock en het sombere naakt
6 1968 De Cock en de dode harlekijn
7 1969 De Cock en de treurende kater
8 1970 De Cock en de ontgoochelde dode
9 1971 De Cock en de zorgvuldige moordenaar
10 1972 De Cock en de romance in moord
11 1972 De Cock en de stervende wandelaar
12 1973 De Cock en het lijk aan de kerkmuur
13 1974 De Cock en de dansende dood
14 1978 De Cock en de naakte juffer
15 1979 De Cock en de broeders van de zachte dood
16 1980 De Cock en het dodelijk akkoord
17 1981 De Cock en de moord in seance
18 1982 De Cock en de moord in extase
19 1982 De Cock en de smekende dood
20 1983 De Cock en de ganzen van de dood
21 1983 De Cock en de moord op melodie
22 1984 De Cock en de dood van een clown
23 1984 De Cock en een variant op moord
24 1985 De Cock en moord op termijn
25 1985 De Cock en moord op de Bloedberg
26 1986 De Cock en de dode minnaars
27 1987 De Cock en het masker van de dood
28 1987 De Cock en het lijk op retour
29 1988 De Cock en moord in brons
30 1988 De Cock en een dodelijke dreiging
31 1989 De Cock en moord eerste klasse
32 1989 De Cock en de bloedwraak
33 1990 De Cock en moord à la carte
34 1990 De Cock en moord in beeld
35 1991 De Cock en danse macabre
36 1992 De Cock en een duivels komplot
37 1992 De Cock en de ontluisterende dood
38 1992 De Cock en het duel in de nacht
39 1993 De Cock en de dood van een profeet
40 1993 De Cock en kogels voor een bruid
41 1994 De Cock en de dode meesters
42 1994 De Cock en de sluimerende dood
43 1995 De Cock en 't wassend kwaad
44 1995 De Cock en het roodzijden nachthemd
45 1996 De Cock en moord bij maanlicht
46 1996 De Cock en de geur van rottend hout
47 1997 De Cock en een dodelijk rendez-vous
48 1997 De Cock en tranen aan de Leie
49 1998 De Cock en het lijk op drift
50 1998 De Cock en de onsterfelijke dood
51 1999 De Cock en de dood in antiek

Andere titels van Baantjer:
De dertien katten
Misdaad in het verleden
Een Amsterdamse rechercheur
Rechercheur Baantjer van bureau Warmoesstraat vertelt, deel 1 t/m 10

Verkrijgbaar bij de boekhandel